講談社文庫

美神《ミューズ》

小池真理子

講談社

目次

美神
ミューズ

妖女たち

阿佐子9歳

彼が初めてその子に会ったのは、近所の空き地で宵待草《よいまちぐさ》が、黄色い花を咲かせた夏の夕暮れ時のことだった。

端整な顔立ちをした子供だった。カナリア色の半袖《はんそで》ブラウスに、丈の短い白のジャンパースカート。鮮《あざ》やかな夏の装いに、肩まで無造作《むぞうさ》に伸ばしたつややかな黒い髪の毛がよく似合い、何やら非のうちどころのない美しい人形を思わせる。とはいえ、意地悪さと自己憐憫《れんびん》とがごちゃまぜになっているような表情は、あどけないと言うよりも不満げで、彼女は幼女でも大人《おとな》の女でもない、まぎれもない少女であった。

彼女は彼が手にしていたニコンの一眼レフカメラをさしたる興味もなさそうに、儀礼的に眺め回し、何を言えばいいのか、わからないから助けてほしいとでも言うような目をして彼を見上げた。

すぐにでもこの子を撮影したい、と思ったが、子供にいきなりカメラを向けるのも憚《はばか》られた。彼は微笑《ほほえ》みかけ、そして聞いた。「幾つ？」

「ここのつ」と言ってから彼女はすぐに言いかえた。「九歳」

「お名前は？」

「こぐれあさこ」

「かわいい名前だね。漢字で書けるかな？　それともまだ練習中かな」

「書けるもん」彼女は人を小馬鹿にしたように軽く片方の眉《まゆ》を上げると、ジャンパースカートのポケットから何か白いものを取り出した。蠟石《ろうせき》だった。

道路にしゃがみこんだ彼女の手が、大きくいびつな形の漢字を描き出した。木暮阿佐子
……暮という文字を書く時だけ、一瞬の迷いを見せたほかは、すらすらと難なく書き終え、阿佐子はしゃがんだまま彼を見上げて、飼い主の反応を待つ犬のような顔をした。

「すごいね」と彼はほめた。子供をほめることには慣れていなかったので、自分ではない別の人間が勝手に喋《しゃべ》っているような感じがした。「えらいんだな。ちゃんと書けるんだ。練習したんだね」

「私の名前も書けるでしょう？」阿佐子の傍に立っていた浴衣《ゆかた》姿の女が、笑いをにじませながら口をはさんだ。「お父様が教えてくだすったじゃない。このお兄さんに書いてみせておあげなさいよ」

阿佐子は自分の名前の隣に、蠟石で「雪」という文字を書いた。次の文字を書こうとして詰まったのか、彼女は恨めしそうな目をして女を見た。

女はけらけらと乾いた笑い声をあげながら、赤い鼻緒の下駄を鳴らして阿佐子に近づいた。そして、腰をくねらせながら膝《ひざ》を折ってしゃがみこみ、阿佐子から蠟石をもぎとるなり、路

面に描かれた「雪」の次に「乃」と書き足した。

雪乃《ゆきの》……昔のおばあさんみたいな変な名前だ、と彼は思った。だが、目の前の女はどう見ても自分の母親よりずっと若かった。

わざとそうしたのか、偶然だったのか。まだ二十代なのかもしれなかった。

しいほど白い膝と、その奥に拡がっている仄暗《ほのぐら》い部分がちらりと見えた。

女はいつまでたっても、同じ姿勢のまま動こうとしなかった。鼈甲《べっこう》の櫛《くし》で留めていた栗色《くり》の髪の毛がほつれ、夕暮れ時のいくらか涼しくなった風に吹かれて女の顔のまわりを被った。ふわふわとしたほつれ毛の中で、いたずらっぽい視線が彼の身体の上をさまよい続けた。息苦しくなった。彼は大きく息を吸い、目をそらした。

先に立ち上がったのは阿佐子のほうだった。阿佐子は怒ったような顔つきでふいに後ろを振り返ると、空き地に向かって「まさみ君！」と呼んだ。

幼い男の子が宵待草が咲き乱れる空き地から走り出して来た。五歳くらいの子供だった。男の子は「阿佐子」「雪乃」と蠟石で書かれた道路を渡って来るなり、阿佐子の腕にまとわりついた。阿佐子は笑って男の子を抱きしめた。

雪乃という名の女は何事もなかったかのように姿勢を正し、浴衣の裾を手早く直すと、髪の毛のほつれを直しながら立ち上がった。大きな数奇屋《すきや》造りの家の門から、頰《ほお》の赤い丸顔の若い娘が出て来て、門の前にバケツの水をまき始めた。木暮家に雇われているお手伝いのようだった。

阿佐子が「マキちゃんだ」と嬉しそうに声を張り上げた。一緒にいた幼い男の子が走り出した。阿佐子も後を追った。マキと呼ばれた娘は、駆け寄って来る愛犬を抱きとめるような勢いで二人の子供を受けとめると、かん高い笑い声をあげた。

どこかでヒグラシが鳴き始めた。まだ充分明るかったが、空き地の宵待草を撮影する気は失《う》せていた。彼は、失礼します、と小声で言い、乗って来た自転車に足をかけた。

雪乃がつと近寄って来た。風呂あがりにつけたのか、天花粉《てんかふん》の匂いがしたが、そのなじみのある匂いの底にはかすかに未知の香りが嗅《か》ぎ取れた。

「今度、そのカメラで私を撮ってくださる？」

意味ありげな聞き方だった。彼は黙っていた。裸になってくださいと言えば、すぐにでも裸になってくれそうな女だった。そういう女には裸になってもらいたくなかったし、第一彼は、ヌード写真を撮ることには何の興味も持っていなかった。

雪乃はにんまりと笑みを浮かべると、見せつけるようにして浴衣の胸元にするりと右手をすべりこませた。「あなた、最近、こっちに越して来た夏目《なつめ》さんとこの坊やでしょ？」

坊やと呼ばれたのが気にさわった。だが、目をそらすことはできなかった。彼の目は雪乃の胸に釘づけになっていた。雪乃の手が、浴衣の下の乳房をやわらかく揉み始めたからだ。浴衣の襟《えり》がだらしなく開いた。かすかに胸の隆起が見てとれた。

「高校生？　それとも大学生？」

「高三です」

「若いのね」雪乃はまた意味ありげに笑い、上目づかいに彼を見た。「写真に興味があるの？」

「学校で写真部に入ってますから。秋の文化祭に出品するやつを撮影しなくちゃいけなくて……それで……ここの花を……」

息苦しさがつのって、声がうわずった。雪乃はゆっくりと瞬《まばた》きをし、先を促すように微笑んだ。

遠くから車が近づいて来る音がした。雪乃がふいに慌《あわ》てふためいたようにして、浴衣の胸元を直した。

一台の白い高級乗用車が走って来て、木暮家の門の前に静かに止まった。お帰りなさいませ、と大声で言うマキの声がヒグラシの声を消し去った。

運転席側のドアが開き、背広姿の恰幅《かっぷく》のいい男が降りて来た。アザラシを連想させる太った腹は、せっかくの仕立てのいい背広のボタンを弾《はじ》き飛ばしそうな勢いだった。太い眉、大きな鼻、ぶ厚い唇。そっくりそのまま福笑いの絵にしてもいいような派手な顔つきではあったが、どこか甘ったれた世をすねたような表情は、阿佐子と似ていなくもなかった。

雪乃が腰を振りながら、小走りに男に向かって駆け出した。乾いた下駄の音がカラコロと轟《とどろ》いた。

男は雪乃をちらりと見て軽くうなずき、次いでマキにまとわりついている阿佐子に向かって何か言った。阿佐子はひどく大人びた、落ち着き払った視線を男に投げた。

雪乃がマキから阿佐子の手を放し、自分の手を握らせた。阿佐子は軽く抵抗したが、やがておとなしくされるままになった。美しい少女と淫《みだ》らな女は、そのまま男に従うようにして門の奥に消えて行った。

風が吹いてきて、空き地に群れ咲く宵待草がさわさわと鳴った。

一九七〇年、夏目幸男《ゆきお》が十八歳になったばかりの八月であった。

その晩の食卓で、幸男はさりげなく木暮家の話題を持ち出した。木暮家については母も妹もよく知っている様子だった。

「あそこは木暮病院の院長の家よ」二つ年下の妹の玲子《れいこ》が、こましゃくれた口調で言った。「二子《ふたこ》玉川園《たまがわえん》の駅からも見えるじゃない。けっこう、大きい病院よ。水色の壁の。あんた、学校に行く途中、気づかなかった?」

「知らないよ、そんなもん」

「でも、あんた、しょっちゅうカメラ持ってあっちこっち、うろうろしてるじゃない」

「写真が好きだからって、なんで俺が病院の写真を撮りに行かなくちゃいけないんだよ」

「写真部の部長だもんね。間違っても病院なんか撮りに行かないよね」

「うるさいな。黙ってろ」

「でもさあ、あんたが撮るのは、花とか空とか変なおじさんとか、そんなもんばっかし。道端で煙草《たばこ》吸ってる婆さんなんか、もう撮らないほうがいいよ。文化祭であんたの写真だけが辛気《しんき》くさくって、妹としても恥ずかしいから」

「お兄ちゃんのことをあんたって呼ぶのはやめなさい」母がやんわりとたしなめた。「それから、なあに？　その恰好。お父さんが生きてたら、いまごろ怒鳴られてたはずよ。いくら暑いからって、スリップ一枚になるなんて」

妹は肩をすくめ、「死んじゃったんだからいいじゃない」と言い、沢庵《たくあん》を口に放り込むと、派手な音をたてて噛《か》みくだいた。沢庵は、その日幸男が見た、空き地の宵待草の色に似ていた。

玲子の着ている白い木綿《もめん》のスリップを通して、わずかに隆起した丸い固そうな乳房が窺《うかが》えた。だが、幸男は何の気持ちのざわめきも覚えなかった。今ここで、妹がスリップを脱ぎ、素っ裸になっても自分は何ひとつ驚かず、ぞっとすることもなく、平然と飯を食い続けることができるだろう、と彼は思った。妹の裸……それは例《たと》えて言えば、晴れた日の軒先にずらりと並んで干されている母親の下着やストッキングと同じく、何のイメージも喚起しないただの日常的な瑣末《さまつ》なものに過ぎなかった。

「今日、阿佐子って女の子と喋ったよ」雪乃の話がしにくかったので、幸男はそう切り出した。「まだ九歳なんだってさ。小さい男の子もいたよ。弟みたいだった」

「ああ、あの子ね」母親が言った。「正実《まさみ》ちゃんでしょ。二番目の奥さんの連れ子よ」

「なんでお母さんがそんなこと知ってるのよ」玲子が聞いた。

「いつだったかしら、お母さんのお店に来たんだもの、親子そろって。奥さんはカツカレーを食べて、正実ちゃんはオムライスを食べてったわ。きっと味を気にいってくれたのよ。これからもよろしく、って自己紹介されたの。なんだか派手な感じの人だけど、言葉づかいは丁寧だし、正直だし、感じのいい人だった。それにしてもねえ、阿佐子ちゃんにとっては、二度目のお母さんなんだものね。いろいろなじみにくくて大変でしょうねえ」

「あたし、あのおばさん、嫌いよ」玲子が吐《は》き捨てるように言った。

「あら、どうして。いい人じゃないの」

「なんか気持ち悪いじゃない。ねろねろしちゃって」

「ねろねろ？　なあに？　それ」

「わかんない？　いやらしい感じがするっていう意味」

「そう？　お母さんは別にそんなふうに思わないけど」

「だいたいさ、お金持ちなのにカツカレーなんて、安っぽいもんを食べるのも変よ」

「いくらお金持ちだって、カツカレーくらい食べるでしょ」母はおっとりと微笑み、幸男が差し出した空の茶碗に御飯をよそった。

横暴で小言好きで、理由なく不機嫌の嵐に見舞われ、時として暴力もふるっていた父が他界して四年。母は、母の兄夫婦が経営している洋食レストランのチェーン店の一つを任され、仕事をするようになった。店は世田谷《せたがや》区の上野毛《かみのげ》にあった。母の人柄が地元の人々に好印象を与えたのか、結構な繁盛ぶりで、そのため母の収入もうなぎ上りに増え続けた。

それまで住んでいた狭い貸し家を引き払い、ここ多摩川を見下ろせるマンションに引っ越したのは三ヵ月前。幸男と玲子が通う都立高校も近く、母の店までも歩いて行ける距離とあって、父の死後、何かと落ち着きを失っていた毎日が嘘のように、安泰な時間が流れていた。

「でもさ、阿佐子ちゃんって子、すごい美人よね」玲子が言った。「ぞくぞくしちゃう、って男の子が言ってたわ」

「だあれ？　そんなことを言う男の子って」

「クラスの子よ。こないだ部活の後、一緒に帰ったの。たまたま木暮さんとこのうちの前を通った時、阿佐子ちゃんが外で遊んでたのよ。おい見ろよ、あの子、すげえ美人だな、ってその男の子、道の真ん中で大騒ぎしちゃってさ。阿佐子ちゃん、かわいそうに、びっくりしてたわ」

「なんでおまえが、あの子の名前を知ってんだよ」幸男は聞いた。「あの子に直接、聞いたのかよ」

「あんた、馬鹿ね」玲子は、生活に倦《う》んだ中年女のような目をして幸男を見た。「あのうちにはね、表札がかかってんのよ。木暮修造、雪乃、阿佐子、正実ってね。それも知らなかったわけ？　どう考えたって、あの可愛い子が雪乃だなんて、ばあさんくさい名前のはずがないでしょ？　だから阿佐子ちゃんなのよ。わかる？」

そう言えば、そうだったかもしれない、と幸男は思った。宵待草の撮影をしようと、父が残したニコンのカメラを携え、自転車で空き地に行った時、確かに木暮の家の門にはそんな大きな表札が掛かっていたかもしれない。そこには墨文字で家族四人の名が彫られていたかもしれない。

だが、そんなものは彼の記憶に残っていなかった。彼の記憶の底に澱《おり》のようになって残されているのは、美しい阿佐子の大人びた思いつめたような表情と、そして、雪乃の浴衣の裾の奥に拡がる謎めいた闇だけだった。

食事を終えると、母は玲子に後片付けを任せ、再び店に出て行った。店の終業時間は夜九時で、それから後が母の自由時間になる。

母を手伝って働いている、母よりも三つ年下の四十になるやもめの男が、最近、母と親しくしていることに幸男は勘づいていた。店を終えてマンションまで母を送って来るのもその男だったし、休みの日に何かと口実をもうけて車で母を誘いに来るのもその男だった。好きなら結婚すればいいじゃない、と玲子はあっさり言ってみせる。そのたびに母は、とんでもない、と顔を赤らめてつっぱねる。

だが幸男にはどちらでもいいことだった。幸男にとってのさしあたっての問題は、母の再婚でもなく、ベトナム戦争をどう語るか、ということでもなく、まして、反戦デモに出ようと誘われて、二の足を踏む時の言い訳を考えることでもなかった。

彼が何よりも気にかけ、始終、思い悩んでいたのは、翌年に迫った大学受験と、日々、うねり狂うようにしてつのってくる性の欲望の波に、どうやって乗ればいいのか、ということだけだった。

その夏、幸男は或る意味で規則正しい毎日を送っていた。午前中は、予備校で夏期講習を受け、午後は冷房の効《き》いた公立図書館で勉強をする。図書館を出るのは、日が翳《かげ》って涼しくなってから。その後は、町の書店をうろついたり、喫茶店で友達と世間話に興じたり。夕食の支度をする母の手間を考えて、遅くとも七時までには家に帰った。

食後、母が上野毛の店に戻ってしまうと、決まって家の中に拡がるもやもやとした夜の熱気に耐えられなくなってくる。夜出かけるなんて不良だ、と厭味《いやみ》を言う妹を尻目に、仏頂《ぶっちょう》面《づら》をして家を出る。そして、自転車に乗り、住宅街をあてどなく走り回るのも毎晩のことだった。

誰に会おうというわけでもない。会いたい人間がいるわけでもない。ただ、もくもくと自転車のペダルを漕《こ》ぎ続けるだけで、そんなことをして何が楽しいのか、自分でもよくわからない。それでも、しばらくの間、湿気を含んだ夏の風に吹かれていると、身体がしびれたような感じになって、心地よい疲労感が拡がってくる。身体の奥底で蠢《うごめ》いていた得体《えたい》の知れない何かが鎮まっていくのが分かる。

やっと落ち着きを取り戻し、再び家に戻るころ、時刻は十一時をまわっている。それから受験勉強を再開するものだから、眠りにつくのはたいてい午前二時過ぎとなり、彼は慢性の睡眠不足状態に悩まされた。

そんな日々が続く中、幸男は暇さえあれば雪乃の裸体を頭の中で思い描くようになっていた。

不潔な女、と思えば思うほど、イメージは膨《ふく》らんだ。ああいうのを色情狂っていうんだ、裸を見たらきっとぞっとするだろう、子供を産んだ女だから、腹がぶよぶよになってるのかもしれない……そう思うそばから、ぶよぶよの腹を持った雪乃の白い裸体が頭の中いっぱいに拡がっていく。そしてそれはいつしか、想像の中で豊満な美しい裸体と化し、際限なく彼を誘惑し続ける悩ましいエロスの化身になっていくのだった。

そんな具合に夢の中で現実の雪乃ではない、雪乃という名の別の女を作りあげて楽しんでいたものだから、二度目に雪乃に声をかけられた時、幸男は喜ぶどころか、むしろ夢を壊されたような鼻白《はなじろ》んだ気持ちにかられた。

二子玉川園の駅前だった。午後一時少し過ぎ。その日はたまたま、予備校の夏期講習が休みの日だった。午前中は家で過ごし、午後から図書館に行こうと自転車を走らせて駅前にさしかかった時である。じりじりと焼けつくような照り返しの中、雪乃は彼を見つけると、さも親しげに「幸男さーん」と声を張り上げ、大きく手を振ってきた。

雪乃に自分の名前を教えた覚えはなかった。まして、なれなれしげに呼ばれる覚えもなかった。日《ひ》毎夜《ごとよ》毎《ごと》、想像の中で雪乃の身体をなぞっていたくせに、会いたくない人間に会った時のような、なんとも説明のつかないいやな気持ちが幸男の中に生まれた。彼は自転車を止め、無表情に雪乃のほうを振り返った。

雪乃はつばの広い白い帽子をかぶり、おそろしく丈の短いオレンジ色のワンピースを着て、後ろからちょこまかとした足取りでついて来る正実を気づかいもせずに、一目散に幸男目がけて走って来た。

「ああ、よかった。気がついてくれて」彼女ははずんだ息の中で笑いかけた。「どこに行くの？　プール？　それともデートかしら」

「図書館です」幸男はぶっきらぼうに答えた。

雪乃はにじり寄るようにして、自転車のハンドルに片手を置いた。白く塗った化粧が汗で剝《は》がれ落ち、ところどころ、まだら模様になっているのが不潔な感じがした。

「暑いのに大変ね。お母さんから聞いたわ。受験勉強中なんですって？　あなたの名前もお母さんから聞いて知ったのよ。あれから何度も上野毛のお母さんのお店に行ったから。お母さんのお店、とってもおいしいんだもの。毎日、お昼はお母さんのお店で食べてもいいくらい。それはそうと、驚いたでしょ？」

「何がですか」

「さっきあたしにいきなり、幸男さん、なんて呼ばれて、驚いたんじゃない？」

「いえ、別に」と幸男は言い、視線をはずした。遠くの木陰に阿佐子が立っていて、所在なげに木もれ日に目を落としている姿が見えた。

白いピケの帽子をかぶり、涼しげな水玉模様のワンピースを着ている。片方の手をニセアカシアの木の幹におしつけるようにし、体重を支えている様子なのが大人びた仕草に見える。

幸男が見つめていると、阿佐子はふいに顔を上げた。生真面目《きまじめ》な思いつめたような光を放つ黒い瞳が、まっすぐ幸男に向けられた。

可愛いさや無邪気さ、未完成な美といったありふれたものはそこにはなく、阿佐子はあくまでもこの世のものならざる美しい子供、背中に薄いピンク色の羽を隠し持っている天使なのではないか、と思えるような子供であった。

「今日は朝から、おばあちゃまのところに行ってたの」雪乃は顎《あご》を突き出し、薄手のハンカチで顔をあおぐ仕草をした。雪乃の動きに伴って、ワンピースの中で乳房がゆさゆさと揺れた。「主人のお母さんよ。麻布《あざぶ》に主人の兄一家と一緒に住んでるの。たまにはね、阿佐子たちを連れて行かなくちゃいけなくて。主人の兄には子供がいないのよ。だから阿佐子たちを連れて行くと大騒ぎ。くたびれちゃうわ」

そうですか、と幸男は言った。その手の話は苦手だった。

彼は自転車のサドルに腰をかけたまま、肩をいからせた。道路を行き交う車に目を転じたふりをして、再び阿佐子に視線を移した。阿佐子のほうでも彼を見ていた。

カメラを持って来ればよかった、と幸男は悔やんだ。文化祭に出品する作品は阿佐子以外、考えられなくなった。何度見ても、阿佐子は完璧な美少女、完璧な天使だった。ファインダーを通して見る阿佐子の顔を想像しただけで、ぞくぞくした。妖《あや》しげな、男を誘いこむような目つきには一片の邪気も感じられず、だからこそ彼女の媚態《びたい》は九歳の少女にしては完璧なのだった。

雪乃は幸男の傍でかぶっていた帽子を脱ぐと、たてがみを振るようにして、栗色の髪の毛を揺すった。甘ったるい香水の匂いが鼻をつき、幸男はふいに現実に引き戻された。

「ねえ、よかったら一緒に冷たいものでも飲んで行かない？」雪乃が歯を見せて微笑みかけ、腕を伸ばして腕時計を覗きこんだ。細い金の鎖がついた、宝石のように見えるきらびやかな腕時計だった。「一時にそこの喫茶店で、阿佐子の家庭教師の先生と待ち合わせてるんだけど……あら、いけない。もうこんな時間なのね」

雪乃は爪先《つまさき》立つようにして伸びをし、駅の近くにあるガラス張りの喫茶店を眺めると、軽く肩をすくめた。「先生、もういらしてるんだわ。待たせちゃったみたい」

喫茶店の大きなガラス窓の向こうに、じっとこちらを窺いながら座っている一人の若い男の姿が見えた。肩に細いベルトがついているミリタリー調の薄茶色のシャツを着ている。歌舞伎の舞台化粧をさせたら似合いそうな、細面《ほそおもて》の目の細い男だった。

「阿佐子に算数を教えていただくの。慶応の大学院生なのよ。主人と一緒に主人の病院で面接をしたんだけど、正式なお勉強は今日からなの。だから、あたしが家までご案内することになってるのよ」雪乃はガラス窓の向こうの男に向かって、からだをくねらせるようにして会釈《えしゃく》をした。男は慌てたように姿勢を正し、会釈を返した。

「ね？　一緒に行かない？　遠慮することないわ。ご近所なんだもの。一緒に冷たいものを飲んで、一緒に途中まで帰ればいいわ」そう言うと、幸男の答えを待たずに雪乃は後ろを振り返り、「阿佐子ちゃん」と気取った声を出した。「行くわよ。先生がもうお見えよ。あら、正実はどこ？　どこに行った？　いやあね。いないじゃないの」

確かに正実の姿が見えなかった。雪乃は額に手をかざしながら、あたりを見回した。日差しに目を細め、苛立《いらだ》たしげに眉間《みけん》に皺《しわ》を寄せている雪乃はひどく老《ふ》けて見えた。

阿佐子がニセアカシアの木の下から出て来た。幸男は、こんにちは、と言い、笑いかけた。だが阿佐子はそれには応《こた》えなかった。

「駅よ」と阿佐子は雪乃に向かって言った。「正実君、駅に行ったわ」

「まったく、困った子」雪乃は帽子を幸男に押しつけるなり、駅に向かって走り出した。何事か、と喫茶店の中の若い男が立ち上がり、ガラスにへばりつくようにして雪乃の行方《ゆくえ》を目で追った。

　ワンピースに包まれた雪乃の大きな尻が、長く伸ばした髪の毛と共に左右に揺れながら遠ざかった。すれちがいざまに、駅から出て来た中年の男が雪乃を振り返り、好色そうな視線を投げた。

「正実君は悪くないわ」阿佐子がつぶやき、訴えかけるような目をして幸男を見上げた。「正実君は大人の話が嫌いなの。だから退屈しちゃって、一人で駅に行ったのよ。それだけなんだもの。叱《しか》られたらかわいそうだわ」

　そうだね、と幸男は言った。「阿佐子ちゃんは弟思いの優しいお姉さんなんだな」

「お姉さんなんかじゃないもん」阿佐子は薄く笑った。ナイフでつけた切り傷を思わせる、冷たく薄い笑みだった。「正実君と私は、血がつながってないから」

　返す言葉を失って、幸男は口を閉ざした。喫茶店から、家庭教師に雇われたという大学院生が出て来て、まっすぐ幸男と阿佐子に向かって歩いて来た。よく見ると美男子と言えなくもない男だったが、肉づきが悪く、骸骨《がいこつ》に服を着せた時のように、せっかくのミリタリー調のシャツがぶかぶかだった。

「阿佐子ちゃん、お母さんはどこに行ったの？　何かあったの？」

男が阿佐子にそう聞くと、阿佐子は一瞬、猫のように目を吊《つ》り上げ、「知らない」と言って顔をそむけた。こいつは阿佐子ちゃんに好かれてないな……そう思うと、うしろめたいような密《ひそ》かな悦《よろこ》びが幸男を包んだ。

まもなく正実の手を引いて雪乃が戻って来た。叱られたのか、正実はべそをかきながらも邪険な目をしてあたりを睨《にら》みつけ、一言も口をきこうとしなかった。

「ごめんなさいね、先生。お待たせしちゃって」雪乃は正実の手を乱暴に引き寄せながら言った。「この子ったら、勝手にどっかに行っちゃうもんだから。迷子になったかと思って慌てたわ」

家庭教師の男は、そうした情況に遭遇した人間なら、誰でも口にするようなあたりさわりのない言葉を口にした。雪乃は雪乃で、幸男にしてみせたようないわくありげな視線を男に投げ、誘惑するような、それでいて突き放すような奇妙な微笑みを浮かべながら、首すじに浮いた汗をハンカチで一撫でした。

幸男は黙ったまま、帽子を雪乃に渡した。雪乃は目を大きく見開き、「ありがとう」と言った。

帽子をかぶろうとして、雪乃が両腕を高く上げた途端、ワンピースの裾が上がり、太ももが丸見えになった。むろん、幸男は見逃さなかったが、その白い太ももは、幸男にさしたる性的感動を呼ばず、むしろ、不愉快で暑苦しい印象を残しただけだった。

「さよなら、阿佐子ちゃん」と幸男は言った。「勉強、頑張《がんば》るんだよ」

阿佐子はちらりと小生意気そうな少女の笑みを浮かべてみせたが、すぐにそれも消えていき、あとにはあの、女であって女ではない、性別を超えた不可解な妖艶《ようえん》さだけが残された。


その日を境に、阿佐子の写真を引き伸ばして文化祭に出品するという計画は、幸男の中で具体的なものになっていった。どこでどの時間、どんなアングルで阿佐子を撮影するか。外の自然光のほうがいいのか。それとも室内でポートレートふうに撮影するほうがいいのか。幸男はあれやこれや考えをめぐらせ、あんまり考えすぎるものだから、しまいには阿佐子にアラブふうの民族衣装を着せて〝月の砂漠〟と題した写真を撮るのはどうだろう、などと考え始めて、そのセンスのなさに烈《はげ》しい自己嫌悪にかられるほどであった。

いずれにしても、阿佐子を撮影し、できあがった写真を展示するとなれば、保護者である親の承諾を得る必要があった。いくら素人《しろうと》の撮影とはいえ、高校の文化祭に出品するとなれば、人目にさらすことになる。所属する写真部の顧問教諭からも、未成年をモデルにして撮影する場合、必ず保護者の承諾を得るように、と常にうるさく言われていた。

とはいえ、阿佐子の父親の木暮修造はいつ家に帰るのかわからなかった。わざわざ病院のほうに出向いて説明を聞いてもらうほどのことでもないように思えたし、挨拶もしたことがないというのに、電話をかけるのも気がひけた。

雪乃に頼みに行けばいい、ということはわかっていた。雪乃なら二つ返事で承諾してくれるはずであり、面倒な挨拶や改まった自己紹介をしなくてすむのも楽だった。

だが、幸男は二の足を踏み続けた。文化祭のために阿佐子ちゃんを撮らせてください、と言えば、雪乃は私の写真も撮ってよね、と言い出すに決まっていた。それがいやだった。断る口実を探すのもいやだったし、果たして断りきれるのかどうか、自信もなかった。

撮影のためという名目で雪乃と部屋で二人きりになり、物ほしげな目つきでにじり寄られたら、決して抵抗しきれないだろう、ということもわかっていた。同時に幸男は、自分が心のどこかでそうなればいい、と願っていることにも気づいていた。嫌いな女なのに、誰よりも不潔ったらしいと思っている女なのに、そんなことを望んでしまう自分がいやだった。

逡巡《しゅんじゅん》と苛立ちと密かな性的夢想とが、幸男を無口にさせた。妹は「受験ノイローゼよね」と軽口をたたき、母はいつものようにおっとりと「暑いんだもの。仕方ないわ」と言って彼の微細な変化に気がつかないふりをした。

阿佐子の撮影をどうすべきか、迷いつつも結論が出ないまま、夏休みも終り、九月になった。思いがけず雪乃から電話がかかってきたのは、九月に入って二回目の日曜日、朝から降り続いていた雨がこやみになったばかりの昼過ぎのことである。

レストランの休業日で、母は例の年下の男とどこかに出かけて留守だった。妹は前の晩から友達の家に泊まりに行っており、まだ帰っていなかった。

「旭川《あさひかわ》の実家から、たくさんとうもろこしが届いたの」と電話口で雪乃は言った。「せっせとご近所に配ってるんだけど、それでも余っちゃって。お母さんからお宅の電話番号を聞いてたから、電話してみたんだけど……日曜だから、お店のほうお休みだと思って。お母さん、いらっしゃる？」

留守です、と彼は言った。

「そう。でもいいわ。夕方になったら、とうもろこし、お届けに伺うから。いいかしら。もらってくださるだけでありがたいのよ。食べてみたけど、味のほうは保証するわ」

母が夕方までに戻るかどうか、わからなかった。幸男がそう伝えると、雪乃は「お留守でもいいのよ」と言った。「幸男さんに渡せばいいんだもの。そうでしょ？　今日の午後は阿佐子の家庭教師の先生がみえるの。お勉強が終わってから伺うから、そうね、四時過ぎになると思うわ。じゃ、その時にね」

電話を切ってから、途端に落ち着かなくなった。もしも雪乃が訪ねて来た時、自分一人だったらどうなるのだろう、と思った。たかだか、余ったとうもろこしを届けに来るだけなのだから、わざわざ中に入れる必要はないことは百も承知だった。だが、もし雪乃にちょっと上がってもいいかしら、などと言われたら、自分は断れないだろうと幸男は思った。

雪乃と家の中で二人きりになることを想像しただけで、いたたまれなくなった。想像の中の雪乃は、二人きりになるや否や、まるで待っていたかのように彼に近づいてくる。彼の身体に指を這《は》わせてくる。彼の首すじに生暖かい息を吹きかけてくる。そうされたいのか、それともそんなことはされたくないから、いたずらに想像を逞《たくま》しくしてしまうのか、考えているうちに自分でもよくわからなくなってくる。

よし、こうなったら、先にこっちから訪ねて行ってやろう、と彼は思った。ちょっと図書館に調べものをしに行ったので、帰りにとうもろこしをいただきに寄りました……そう言って木暮の家を訪ね、とうもろこしを受け取って帰って来ればすむことだった。

だいたい、日曜日なのだから、病院は休みだし、家には亭主の木暮修造がいるはずだった。阿佐子も正実も家庭教師も、それにお手伝いの娘だっているのだろうから、万が一、どうしても上がっていけ、としつこく誘われ、断りきれなくなったとしても、危険なことは何もなさそうだった。それに運よく木暮修造に会うことができれば、その場で阿佐子の撮影許可をとることもできるのだから、一石二鳥というものであった。

三時になるのを待って、幸男は支度《したく》を始めた。修造に会うことも考慮に入れ、洗濯したての清潔な白い開襟《かいきん》シャツに、ズボンは折り目の入った焦げ茶色の無難な色のものを選んだ。髭《ひげ》をそり、髪の毛にブラシをあて、いかにも図書館帰りに立ち寄ったという雰囲気を作るため、バインダーノートを小脇に抱えてマンションを出た。雨はあがっていたが、うっすらと射し始めた太陽のせいで、あたりは少し蒸し暑かった。

自転車で木暮の家の前まで行くと、空き地の濡れた縁石に腰をかけてぼんやりしている阿佐子と正実の姿が見えた。

「何してるの」幸男は自転車を止めながら声をかけた。

阿佐子は不機嫌そうな目で彼を見た。汚れた感じのする花柄模様のTシャツに、乾いた泥がこびりついたピンク色のショートパンツをはいている。頰と目の下にも土をなすりつけたような跡がついていたが、それが汚れた手で涙を拭《ふ》き取った跡だということはすぐにわかった。

阿佐子の代わりに正実がたどたどしい口調で言った。「ママが外で遊んでおいでって。僕たち、おうちに入れないんだ」

「へえ。どうして？　だって今日は、阿佐子ちゃんの家庭教師の日なんだろう？　もうお勉強は終わったの？」

「終わったわ」阿佐子は縁石から立ち上がり、その必要もなさそうなのに、ショートパンツの尻を叩いて埃《ほこり》を払った。

「そう。だったらお父さんに大事なお客さんが来てるんだね、きっと」

阿佐子は幸男をまじまじと見つめた。「パパはゴルフよ」

「じゃあ、お母さんのお客さんなんだ」内心の失望を隠しながら、幸男は笑いかけた。修造に会えないとなると、阿佐子の撮影の話は持ち出せない。「あのね、僕はとうもろこしを受け取りに来たんだけどさ。お母さんの田舎《いなか》からたくさん送って来たんだってね。お手伝いさんに言えばわかると思うよ。悪いんだけど阿佐子ちゃん、お手伝いさんを呼んで来てくれないかな」

「マキちゃんもいないの」阿佐子はそう言うなり、ほんの少しだけ唇を歪《ゆが》めた。泣き出しそうになっているのをこらえている様子だった。「マキちゃん、お休みで田舎に帰ったから。あと一週間たたないと戻って来ないの」

阿佐子の目がみるみるうちにうるみ始めた。幸男は手をこまねいて阿佐子を見下ろした。切なさ、悲しさ、寂しさ……そういったものすべてを身体中で表現しながら、阿佐子は唇を嚙みしめ、大きく息を吸い込み、小さな首を烈しく横に振った。それは愛されたいと強烈に願いながら、自分からはどうしても相手の胸の中に飛び込んで行けない時に大人の女がしてみせる仕草《しぐさ》と似ていた。

あやしてやればいいのか、わけを聞けばいいのか、それとも抱きしめてやればいいのか、わからなかった。幸男はうろたえ、弱り果てた。

「でも変だね」幸男はなだめるつもりで話しかけた。「お母さんの他におうちに誰もいないのに、どうして阿佐子ちゃんたちが外に出てなくちゃいけないの。よっぽど大切なお客さんが来てるんだね」

阿佐子の嗚咽《おえつ》が烈しくなった。彼女はひっく、ひっくと喉《のど》を鳴らしながら、途切れ途切れに吐く息の中で言った。「大切なお客さんなんかじゃないもん。家庭教師の先生なんだもん。

雪乃さんは今、先生と一緒にいるんだもん」

苦いものが喉にこみあげてきたような感じがした。幸男は阿佐子が雪乃のことをママと呼ばず、他人行儀に雪乃さんと呼んだのを確かに耳にしたが、そんなことは問題ではなかった。幸男の中には、もっと別の、これまで考えてもみなかったものが渦を巻き始めた。それは怒り、嫉妬《しっと》、困惑、軽蔑……それらすべてをひっくるめて性的夢想のるつぼの中に放り込んだかのような、自分でも説明のつかない感情の嵐だった。

彼はゆっくりと首をめぐらせて、木暮の家のほうを見た。瓦《かわら》屋根《やね》の載った数奇屋造りの大きな家は、ひっそりとしていた。小さな屋根つきの門扉《もんぴ》は開け放されている。玉砂利《たまじゃり》に囲まれた白い飛び石がゆるやかなカーブを描いている。先刻の雨で、飛び石はしっとりと濡れそぼっている。

玄関の脇の壁に、黒い男物の雨傘が立てかけられているのが見えた。まるで中で行われている秘め事を象徴するかのように、傘の柄が午後の光を浴びて、ぎらりと淫《みだ》らな感じに鈍く光った。

何か言ってやらねばならない、中で行われていることを忘れてしまうほど楽しい冗談を今ここで阿佐子相手に言ってやらねばならない……そう思うのだが、冗談はおろか、何ひとつ言葉が出てこなかった。

代わりに幸男の口から飛び出してきたのは、「くそ！」という言葉だけだった。くそ、くそ……何度でも言ってやりたかった。インバイ、バイタ……あらゆる侮蔑的な言葉を口にしながら、木暮の家の窓という窓に石を投げつけ、徹底的に雪乃を侮辱してやりたかった。生涯をかけてやるべきことはそれだけで、それ以外のことはすべてどうでもいいことのように思えた。

空き地でしきりとコオロギが鳴き続けていた。阿佐子の嗚咽とコオロギの寂しげな声が重なった。幸男は何も言わずに、自転車に飛び乗ると、そのまま猛烈なスピードで木暮の家から遠ざかった。

二度と雪乃とは口をきくまい、万一、ばったり町で出会っても露骨に無視してやる……そう自分に言い聞かせていたというのに、幸男は毎晩のように雪乃があらわれる夢を見た。たいそう淫らな夢なのだが、そのくせ、目を覚ました時には夢の内容はほとんど覚えていない。覚えているのは、豊満な女の裸体だけで、果たしてそれが雪乃の裸だったのか、それとも名前も知らない見知らぬ女の裸だったのか、それすらも思い出せず、夢の後には鉛を呑みこんだようなけだるい疲労感ばかりが残って、起き上がるのも億劫《おっくう》になるのだった。

そうこうするうちに十月に入り、金木犀《きんもくせい》の香りが漂う季節となった。幸男が所属する高校の写真部員たちは、早くも十一月の文化祭に向けて、自信作を次々と学校に持ちこんで来るようになった。最終的には部員たちと顧問教諭との間で品評会が行われ、一人二点の出品作が決められることになっている。品評会は毎年、十月末に行われるから、少なくともそれまでに何点かの作品を撮影、現像しておく必要があった。

阿佐子の撮影許可を求めるために、雪乃に会いに行かねばならないのであれば、阿佐子を諦《あきら》めてもいい、と幸男は思った。別に阿佐子でなくても、被写体はいくらでも転がっている。阿佐子にこだわって、撮影を一日延ばしにするのは馬鹿げていた。

休日になると、幸男はカメラを持って朝早くから家を出た。電車を乗り継ぎ、郊外まで出て田園風景を撮影したり、再び、都心に戻って来て、繁華街をうろついては心をそそられる被写体を探し回ったりした。

だが、これだ、と思えるものはなかなか見つからなかった。何を見ても気持ちは弾まなかった。彼はただ、漫然と歩き続け、漫然とシャッターを押し、疲れ果てて家に帰るだけだった。

雪乃に何をされたわけでもない。恐れねばならない理由も何もない。なのに何故《なぜ》、こんなに雪乃を意識し、遠ざけ、阿佐子を撮影したいという強い気持ちを押さえつけねばならないのだろう……そう考えると、幸男はむしょうに腹が立ってきた。自分は年上の雪乃をただの性の対象として見ているに過ぎない。雪乃に誘惑されることをどこかで望んでいるくせに、そんな自分を認めようとせず、だからこそ余計に雪乃を意識して、滑稽《こっけい》な一人相撲《ひとりずもう》を取っているに過ぎない。

自分次第で、問題は簡単に解決するだろう、と彼は思った。堂々と木暮の家を訪ね、ごめんください、と声をかけ、雪乃が出て来たら、阿佐子の撮影許可を求めればいい。雪乃が拒否するわけはないのだから、承諾の返事を聞いたら、ぺこりと頭の一つも下げ、ありがとうございます、それでは、と言って立ち去る。あとは阿佐子本人と話をし、すぐにでも撮影を始めてしまえばいい。雪乃に会ったことにより、家に戻ってから彼女の性的な情景が頭に焼きついて離れなくなったとしても、その時はその時で、存分に自慰に耽《ふけ》ればいいわけで、くよくよと思い悩むことなど一つもないのであった。

十月も半ばを過ぎた月曜日の午後、学校から帰るなり幸男は、今日こそ木暮の家に行こうと決め、支度を始めた。よく晴れた美しい秋の日だった。空き地で風にそよいでいるススキの群生の中にさりげなく阿佐子を立たせ、シャッターを切る自分を想像しただけで、早くも清々《すがすが》しい感動が幸男の中を駆けめぐった。

フィルムを収めたニコンを首から下げ、意気揚々と口笛を吹きながら自転車を漕いで、彼は木暮家に向かった。小学生の阿佐子はとっくに学校から帰っている時間帯だった。彼女には特別の用でもない限り、その日のうちにフィルム一本分くらいは撮影させてもらえるに違いなかった。

門の前に自転車を止め、口笛を吹き続けながら飛び石を渡って、玄関の呼鈴を押した。しばらく待ってみたのだが、応答がなかった。もう一度、呼鈴を押した。奥のほうから、ばたばたという足音が響いて、出て来たのはお手伝いのマキでもなく、阿佐子でも正実でもなく、雪乃その人だった。

赤いデニムのミニスカートに、身体にぴったりとした黒の薄手のセーターを着た雪乃は、幸男を見ると、驚いたように目を丸くした。だが、彼女がまともに見えたのはその時だけで、やがてその顔には、男と名のつくものはすべて誘いこもうとでもするような淫乱さがさざ波のように拡がり始めた。

「誰かと思ったら、幸男さんじゃないの。しばらくねえ」

「お願いがあって来ました」幸男は生真面目な口調で言った。下着をつけていないのか、乳首の形まではっきり見てとれるセーターの胸元に、ついつい視線が流れていきそうになる。こらえようとすると怒ったような口振りになり、自分でもどうすることもできない。「実は今度の高校の文化祭で写真部の……」

雪乃が聞いている様子はなかった。彼女はやおら彼の腕をつかむと、玄関の中に引き入れた。「ちょうどよかった。お納戸《なんど》の電球が切れちゃって、どうやってつけ替えればいいのか、わかんないのよ。ちょっと上がって見てってくれない？　あたし、こういうことにからっきし弱くって、全部、主人任せなんだけど、主人はまだ帰ってないし。マキちゃんも買物に出ちゃったところだし。寒くなったから冬物を出そうとしてたのよ。お納戸には窓がなくて、電気が切れたら真っ暗。なんにも見えなくて困ってたとこだったの」

断ろうにも断る口実は見つからず、さりとてつかまれた腕を振り払う勇気もなかった。筋書きが大きく変わった。変わりすぎて、修正は効きそうになかった。気がつくと幸男は雪乃に促され、靴を脱いで家の中に上がりこんでいた。

よく磨かれた長い廊下を雪乃は先に立って歩き出した。時折、後ろを振り返っては「こっちよ」と誘うような目つきをする。ストッキングをはいた足が、廊下をすべるように歩いて行く。豊満な上半身に比べて、足首だけが細く華奢《きゃしゃ》である。爪先立つような歩き方が腹立たしいほどわざとらしく、わざとらしいがゆえにいっそうなまめかしい。

連れて行かれたのは、廊下のほぼ突き当たりにある六畳ほどの板敷の小部屋だった。雪乃が言っていた通り、今しがたまで衣類の出し入れをしていたらしい。部屋の外の廊下にまで、衣装ケースやビニールに包まれた背広などが山と積まれてはみ出しているのが見えた。

部屋の天井の真ん中に、はめこみ式のダウンライトがついている。雪乃に言われて壁際のスイッチを点滅させてみたのだが、やはり切れているようで点灯しなかった。

天井は普通の部屋よりも高く、手を伸ばしても到底、届きそうになかった。あたりを見回すと、古びた丸椅子が目についた。幸男は首から下げていたカメラを床に置くと、丸椅子を運んで来て、上に乗った。

「気をつけてね」雪乃が寄り添うように立って彼を見上げた。

電球をはずしにかかりながら、幸男は聞いた。「新しい電球はありますか」

「あるわ」

「60ワットですよ」

「ええ、知ってる」

はずしかけた電球を落とさないよう注意しながら、両手を天井に向けて上げかけた時だった。ズボンの太もものあたりに、ふいにやわらかな感触が走った。幸男は驚いて目を落とした。

雪乃が彼の太ももを愛撫しながら、さもいとおしげに頰をこすりつけていた。時折、彼を見上げては芝居がかった流し目を送ってくる。

何が起こったのか、わからなかった。わからないのに、全身に鳥肌が拡がった。やめてください、と彼は言った。だが、声は早くも呻《うめ》き声に変わっていた。

雪乃の手が、彼のズボンの前部分に触れた。手は用心深く、それでいて大胆になめらかに動きまわり、そのぬくもりとズボンのファスナーの冷たさとが一つになって、彼は思わず、やめろ、と声をあげた。

言葉とは裏腹に、すぐさま肉体が反応した。のっぴきならない事態に追いこまれていることははっきりしていた。彼は腰を引きながら、抵抗の姿勢をとった。だが、雪乃の手は執拗に追いかけてきた。いたぶるような指の動きが、彼におぞましいほどの快感を呼びさました。

雪乃が憎かった。これほど軽蔑に値いする女はいない、と思った。できることならば、この場で殴り倒し、踏みにじって唾《つば》を吐きかけてやりたいと思った。

丸椅子が揺れた。苦痛とも言える凄まじく熱いものが、彼の下腹に押し寄せた。膝がくずおれそうになった。はあはあ、という自分の息が、得体《えたい》の知れない獣の吐息のように聞こえた。どうすればいいのかわからなかった。ただちにやめてほしいのか、それとも、もっともっと、とせがみたいのか、それすらもわからない。憎しみと軽蔑と怒りに混ざって、途方もなく罪深い喜悦が彼を充たした。

その時だった。家のどこかで人の気配がした。玄関ではない。台所の勝手口のようだった。

「ただいまあ」と言う小さな男の子の声がした。「ただいま戻りました」と言う若い女の声がそれに続いた。

「楽しかったね、マキちゃん」阿佐子の声だ。何か紙袋をがさがさと鳴らすような音がした。

「またお買物、三人で一緒に行こうね」

「ええ、ええ、よろしいですとも。何度でも一緒に行きましょうね」

紙袋の音が続いた。「ママ」と正実の声が雪乃を呼んだ。「ママ、どこ?」

幸男は雪乃を突き飛ばし、丸椅子から転がり落ちるようにして飛び下りた。手にしたままだった切れた電球を部屋の隅めがけて放り投げ、泣きたくなるような思いで床に置いておいたカメラをわしづかみにすると、廊下に飛び出した。

玄関まで全速力で走り、三和土《たたき》に降りて靴をはこうとした時だった。いきなり目の前でドアが開き、阿佐子が現れた。一枚のドアを隔てて、玄関ホールと台所とは直結しているらしかった。

驚くあまり、足元が狂った。幸男はもんどりうつようにして玄関の三和土に前のめりに倒れた。手にしていたカメラを守ろうと、落ちた瞬間、右肘《ひじ》で全体重を支えたものだから、右の腕全体に激痛が走った。彼は顔を歪め、三和土の上に仰向けにひっくりかえり、両足をばたつかせた。

ふいに阿佐子が笑い出した。それは聞く者の気持ちを和《なご》ませるような、陽気で幸福そうな、それでいて静かな笑い声だった。両親から愛されて育った子どもが無邪気に楽しげに笑い続ける時の、屈託のなさが感じられた。阿佐子のそんな笑い声を聞くのは初めてだった。幸男は、痛みに顔をしかめながらも、薄目を開けて彼女を見上げた。

「まあまあ、いったいどうなさいました」マキが飛び出して来た。正実もその後ろから顔を覗かせた。

阿佐子の笑い声につられたのか。近所の高校生が玄関にひっくり返って、カメラ片手に足をばたつかせているのがよほど可笑《おか》しかったのか。マキは、ぷっと吹き出し、エプロンを口にあてて笑い始めた。

笑い続ける阿佐子の頬は、桜色に染まっていた。ほんの少しめくれ上がった唇の奥に、白く小さな歯が覗いた。三日月のような優しいカーブを描いて細められた目は、世界の穢《けが》れを一切合切受け入れて、微笑みの中に閉じ込めようとする清らかな地蔵のそれを思わせた。

幸男は起き上がり、カメラを構えた。もう痛みは感じなかった。

笑いの発作がおさまった後でも、阿佐子は微笑み続けていた。彼がシャッターボタンを押すたびに、さも恥ずかしげにマキのスカートの後ろに隠れようとする。それなのに、伏目がちな目だけは、ちらちらと窺うように時折、レンズに向けられて、そこにいるのは九歳の少女ではなく、年齢も性別もない一人の無垢《むく》な天使だった。

幸男は誘いこまれるようにして無我夢中でシャッターを押し続けた。そして、毎日夢に見る雪乃の裸、幻聴として聞く雪乃の烈しい息遣い、雪乃に対する憎しみと欲望とが、先刻、起こった出来事と一緒になって、阿佐子という聖なる小さな肉体の中に吸い込まれ、消えていくのを勝ち誇ったような気持ちで味わい続けた。

ときめき

阿佐子17歳

病室のドアを軽くノックすると、中から「はい、どうぞ」と応《こた》える静江《しずえ》の声が返ってきた。だるそうな声ではなく、むしろ、何か笑いをこらえてでもいるような、かん高い、楽しげな声だったので弓川《ゆみかわ》はほっとした。

とっておきの笑顔を作り、ドアを開けた。静江の姉、雪乃《ゆきの》が特別に手配してくれた個室だった。建て替えられたばかりの新しい病棟で、壁も天井《てんじょう》も真新しく、その白さが目に眩《まぶ》しい。

静江だけかと思っていたが、セーラー服姿のほっそりとした美しい少女と、ひょろひょろと背ばかり高い少年が一緒だった。少女はベッド脇の白いサイドチェストの上で、小さな硝子《ガラス》の花瓶《かびん》に花を生けているところだった。可憐《かれん》なスイートピーの花だった。

少女と少年は、弓川の姿をみとめると、一瞬、射るような鋭いまなざしを投げかけた。年端《としは》のいかぬ子供が、他人を警戒する時に投げてみせる無愛想なまなざしに過ぎなかったのだが、弓川は気後れするような妙な気持ちを味わった。

それでも何くわぬ顔で室内に入り、静江に向かって、元気そうだ、よかったね、と話しかけた。あれからずっと、具合がいいんです、と静江は応えた。検査の話がそれに続いた。

熱心に相槌《あいづち》をうち続けたものの、話の内容はほとんど頭に入ってこなかった。弓川は傍らの少女の動きに気を取られていた。

少女は花を生け終えると、そばに散らかしていた包装紙を小さく畳み、ベッド脇の屑籠《くずかご》にそっと差し込んだ。鋏《はさみ》をチェストの引出しに戻し、あたりのものを簡単に片付け、スイートピーが生けられた硝子の花瓶を静江の寝ているベッドに向けて置き直した。

てきぱきとした物なれた動きではなかった。かといって、いやいやながら作業をしている焦《じ》れったさが感じられるわけでもない。少女はあくまでも彼女にしかふさわしくない、彼女だけの美しいリズムの中で動いているような感じがした。

「恵一《けいいち》さん、初めてでしょう？　紹介します。こちら、木暮阿佐子《こぐれあさこ》ちゃん。そして、阿佐子ちゃんの弟の正実《まさみ》くん。ふたりとも、さっき、学校帰りに来てくれたところなの」静江がそう言い、少女たちのほうに目を向けた。「彼はね、弓川恵一さん。渋谷にある綺譚《きたん》書店っていう難しい名前の、小さな本屋さんに勤めてるの。お母さんから聞いて、もう知ってるわよね。彼は私の……」

静江は言葉をにごらせ、弓川に向かって恥じらうように微笑《ほほえ》みかけると、ふいに喉《のど》の奥でこもった笑い声をあげながら目をそらした。婚約者……。そう紹介すべきところを照れくさくなって口ごもり、口ごもったことを悟られまいとするために笑ったようだった。

静江の顔色は悪くなかった。ほんの一週間ほど前まで、爪の先まで白くして、微熱と胸の痛みに耐えながら臥《ふ》せっていたのが嘘《うそ》のようだ、と弓川は思った。もっと静江の話を聞いてやりたかった。苦しかった検査のこと、不安な気持ち、寂しさ……なんでもいい、何もかも、彼女が吐き出す言葉を受け止めてやるつもりで来たはずだった。だが、半《なか》ばうわの空だった。やはり、傍にいる少女が気になって仕方がない。

血はつながっていないが、戸籍上は静江の姪《めい》にあたるのだという少女の話は、あらかじめ静江から聞いて知っていた。母親が病死した後、静江の姉、雪乃が継母《ままはは》になったのだが、継母とはうまくいかず、それなのに、雪乃の連れ子であった正実とはどういうわけか肌が合って、本物の姉弟以上に仲むつまじい、ということだった。

都内にあるミッション系の私立女子高校に通っている。家庭環境が複雑だったせいか、何を考えているのかわからないところがあるけど、ともかくきれいな子なの、とてつもない美少女よ、と聞かされていたのだが、これほどだとは思っていなかった。

あさこ……どんな字を書くのかまでは聞いていなかった。朝子？　麻子？　なんでもいい、あさこ、という、可愛いのだがどこか素っ気ない、聞く者を突き放すような語感がこの娘にぴったりだ、と彼は思った。

弓川は阿佐子と正実に向かい、通りいっぺんの初対面の挨拶《あいさつ》をした。阿佐子は「はじめまして」と大人《おとな》びた答えを返してきたが、正実はうなずいただけだった。挨拶なんか、くだらないとでも言いたげだった。

このくそ坊主、と呼びかけて、その栗《くり》色の美しい髪の毛をくしゃくしゃにかき混ぜてやりたくなるほど生意気《なまいき》そうに見える少年だったが、こちらのほうも男と女の違いはあれど、血のつながっていない姉と相似形を成すかのように端整な美しい顔立ちだった。

「中学生?」弓川は訊《たず》ねた。

正実の代わりに静江が答えた。「もうすぐ小学校を卒業して、四月から中学生なの。ね? 正実ちゃん」

正実は曖昧《あいまい》にうなずき、怒ったような顔をして弓川からも静江からも目をそらした。

静江の見舞いに、と思って、来る途中、弓川は雛《ひな》あられを買って来た。薄桃色の和紙で丁寧《ていねい》に包まれた雛あられの袋を差し出すと、静江は顔をほころばせ、「嬉《うれ》しい」とつぶやいた。

「今日はお雛祭りだったのよね。さっき、阿佐子ちゃんと話してて思い出したの。せっかくのお祝いだから、みんなであられを食べましょうか。阿佐子ちゃん、悪いけどお茶をいれてくれる?」

阿佐子はうなずき、サイドチェストの扉を開けて、お茶の道具を取り出すと、後ろ向きになったまま、ポットの湯を注ぎ始めた。セーラー服のスカートにはきちんとアイロンがあてられており、布地がいくらかくたびれてはいたが、その制服姿は清楚《せいそ》だった。スカート丈ひとつとっても、厳格な家庭でしつけられたまじめな女子高校生を思わせる。

それなのに、うつむいて後ろ向きに立ったその背中、美しくくびれたその腰、髪の毛を無造作に束ねた、その白いうなじのあたりに、奇妙に性的な香りを漂わせるなまめかしさが漂っているのを弓川は感じとった。あやうく、視線が釘《くぎ》づけになりそうだった。自分はどうかしている、と彼は思い、目をそらした。

正実がそれまで座っていた丸椅子《まるいす》から立ち上がり、阿佐子の傍に行った。「手伝うよ」と言ったその声は、声変わりをしたばかりなのか、情けないほど掠《かす》れていた。

すくすくと背は伸びつつあるものの、肉づきのよくない華奢《きやしや》な上半身に、大人用とおぼしきスタジアムジャンパーが大きすぎ、阿佐子の隣に立つと、血がつながっていないとはいえ、いかにも阿佐子の弟という感じがするところが微笑ましくもあった。

椅子が二つしかなかったので、弓川は姉弟を座らせ、自分は備えつけのソファーに腰をおろした。正実が雛あられをティッシュペーパーに一掴《ひとつか》みずつ載せて、銘々に配った。しばらくの間、白い病室の中に、雛あられを嚙《か》むかすかな音だけが響きわたった。

まだ夕食までには時間があるというのに、窓の外はすでに日暮れて、ベランダ越しに見える町の灯の遥か彼方に、多摩川《たまがわ》の土手が黒ずんだ塊《かたまり》のようになって薄闇《うすやみ》に沈んでいるのが見えた。ほんの三日ほど前、検査入院することが決まった静江と一緒に、春浅い日だまりの中、多摩川の土手を散歩したことが思い出された。

静江はこのまま死ぬのかもしれない、と思い、その時、弓川は胸が塞《ふさ》がれるような気持にかられたものだった。なかなか引かない熱と頑固な疲労感に悩まされていた静江の身体には、病的な火照《ほて》りがあった。散歩する足もともおぼつかなく、時折、草を摘《つ》もうとする静江の手から、手折《たお》ったはずの草が力なくこぼれ落ちるほどだった。

だが、今こうやって、元気そうに雛あられを食べている姿を見ていると、やはり医者が言うように、大した病気ではないのかもしれない、と彼は思った。まだ検査がいくつか残されていて、正式な診断結果が出るまでには時間がかかりそうだが、今のところ担当医は、弓川が思いつく限りの、様々な忌《い》まわしい病名を何ひとつ、口にしていない。

「いつ結婚するの?」ふいに阿佐子が聞いた。沈黙が破られたことに驚いて、弓川は阿佐子を見た。

「いつ?」阿佐子は繰り返した。誰に聞いているのか、わからなかった。

静江が弓川を見ていた。いくらか不安げな表情が読み取れた。本当に不安にかられていなくても、静江は時々、そうした表情をする女だった。

弓川は静江に向かって微笑みかけると、阿佐子に「もうすぐだよ」と言った。「この人の病気がよくなったら、すぐにね」

そう、と阿佐子は言い、さしたる興味もないのか、それ以上何も聞かずに、髪の毛を束ねていたゴムをはずすと、天井を仰ぎながら勢いよく頭を揺すった。肩に、波うつ髪の毛が扇のように広がった。阿佐子は静江のいるベッドの向こう側にいたのだが、弓川には、その髪のむせかえる匂いが嗅《か》ぎとれたような気がした。

それから間もなく、阿佐子と正実は連れ立って帰って行った。帰りがけ、静江が「来てくれて嬉しかった」と言って呼び止めると、阿佐子は戸口のところで振り返り、「またね、静江おばさん」と言った。その目が素早く宙を泳ぎ、弓川をとらえた。弓川は軽く片手を上げて、微笑みかけた。阿佐子は両手をそろえて学生鞄《かばん》の把手《とって》を持ち、弓川に向かって深々と礼をした。

「美人でしょう？」ふたりきりになった病室で、静江が言った。

弓川はうなずいた。「誰に似たんだろうね。お父さんじゃなさそうだし」

「亡くなった本当のお母さんに似ているようだ、って姉が言ってました。姉はね、阿佐子ちゃんに時々、やきもちを焼くんです」静江は、ティッシュペーパーの上にまだ少し残っていた雛あられを指先で弄《もてあそ》びながら小さく笑った。「一応は親子になったのに、誰も阿佐子が自分と似てる、って言ってくれない、だなんて言うんですけど……おかしいわね。姉だって、阿佐子ちゃんに負けないくらい美人に生まれついたのに」

弓川は黙っていた。静江の姉、雪乃とは何度も会ったことがある。どうしても好きになれない女だった。世界中の男と名のつく動物は、すべて自分に欲情するものだ、と心底、信じているようなところがあり、それは弓川の目に、我慢のならない滑稽《こっけい》さ、傲慢《ごうまん》さとしてしか映らなかった。

「早く元気にならなくちゃ」静江がぽつりと言った。着ている暖かそうな白いネル地のパジャマには小さな朱色の花模様が一面についていて、それは弓川に、咳《せき》こんだ時の喀血《かっけつ》を連想させた。

弓川は布団《ふとん》の上で静江の手を握った。湿った生暖かい手だった。

「ごめんなさい、いろいろと」静江は、弓川に握られた自分の手を見つめながら囁《ささや》くように言った。「身体がこんなに弱くなかったら、あなたにも迷惑をかけずにすんだのに」

「何度も言ったじゃないか」弓川は笑ってみせた。「僕は身体が頑丈で、殺しても死なないような女は苦手なんだ、って。牛みたいで色気がないもの」

「牛?」

「そう。牛だよ。どう考えたって、牛には色気なんてもんはないだろう?」

「牛に色気があるかどうか、なんて、考えたこともありません」そう言うなり、静江は幸福そうに、ころころと喉を震わせて笑い出した。

弓川が静江と出会って三年ほどたっている。蒸《む》し暑い夏の夜、仕事帰りにふらりと入った渋谷の映画館で、静江は彼の隣の席にいた。

冷房が効《き》いた館内で、静江が突然、咳こみ始めた。初めは周囲を気づかって、懸命にこらえている様子だったが、やがて我慢しきれなくなったらしい。身体を二つに折って苦しみ出した。

他人事《ひとごと》とは思えなかった。弓川は「大丈夫ですか」と声をかけた。ただの風邪《かぜ》の咳ではないような印象を受けた。喘息《ぜんそく》の発作か、さもなかったらもっと別の、何かの持病からくる咳なのかもしれない、と彼は思った。

前列に座っていた客が全員、迷惑そうな顔をして後ろを振り向いた。隣同士に座ったのも何かの縁だった。面倒だ、煩《わずら》わしい、と思わなかったのは、初めから静江のかもしだす雰囲気の中に、惹《ひ》かれるものを感じていたせいかもしれない。

「出ましょう」彼は小声で話しかけ、抱きかかえるようにして外に連れ出した。彼女はされるままになっていた。

ロビーのソファーに座らせ、しばらく様子を見た。額に冷や汗をにじませてはいたが、それ以上、咳がひどくなる様子はなかった。

すみません、と静江は途切れ途切れに吐く息の中で言った。冷房が効き過ぎている場所に長くいると、時々、激しく咳こんで、気分が悪くなる、ということだった。

改めて見ると、ほっそりと儚《はかな》げな雰囲気を漂わせた美しい女だった。貧血気味なのか、赤ん坊のように青く澄んだ大きな目をしている。流行とは無縁の地味な紺色のジャケットスーツを着て、中のブラウスの前ボタンも全部しめ、古い映画に出て来る女教師のような生真面《きまじ》目《め》さがうかがわれたことにも、好感を持った。

暖かい場所に来たら、すっかり気分がよくなりました、と感謝する彼女を誘い、弓川は劇場を出た。すでに八時をまわっていた。どこかで夕食を一緒にしてもいい、と思ったが、初対面のことゆえ、さすがに言いだすのはためらわれた。

外の蒸し暑さが、さらに気分を回復させたらしかった。彼女は自分から自己紹介を始め、四隅が丸くなっている女向けの小さな名刺を弓川に差し出した。そこには、渋谷にある小さな土木関係の会社名が印刷されていた。高校を出てからずっと、そこで経理の仕事をしています、と静江は言った。

路上で弓川が名刺を渡すと、静江は「あら」と言って立ち止まった。「綺譚書店？　聞いたことがあります。確か専門書を扱ってる本屋さんじゃなかったかしら」

「よくご存じでしたね。専門書というよりも、好事家《こうずか》向きの本ばかりで、ほとんど商売になりません。経営者がちょっとしたインテリの金持ちで、道楽みたいにして始めた本屋ですよ」

「もう長くお勤めなんですか」

「大学を出て、しばらくふらふらしてましたからね。腰を落ちつけるつもりで働き始めて、まだ二年と少しかな」

「私、こう見えても本好きなんです。姉がひとりいまして、姉のほうは活字なんか見たくもない、って昔から言ってますが……私は子供のころから家にひきこもって本ばかり読んでました。あまり身体が丈夫じゃなかったものですから」

控えめな語り口調が耳に心地よかった。並んで立つと、自分の胸の中にすっぽりそのまま収まってしまいそうな細い身体は蜉蝣《かげろう》のようで、その背に透き通って見える羽が生えているのではないか、と探してみたくなるほどであった。

弓川は「今度、是非、店にお寄りください」と言った。「僕はたいてい店にいます」

近いうちに必ず、と静江は言った。二人の視線は交わらなかったが、その瞬間、弓川と静江はすでに恋に落ちていた。

一九七五年、夏のことである。

静江の病室を出て、帰りがけ病院のロビーを横切ろうとした時、「恵一さん」と声をかけられた。雪乃だった。

毛足の長い銀色の毛皮のショートコートに、明るい鼠色《ねずみいろ》のパンタロンをはいている。雪乃は手にした四角い箱を宙に掲げながら、大股《おおまた》で弓川に近づいてきた。あたりにハイヒールの音が優雅に響きわたり、一瞬、弓川はそこが病院ではなく、華《はな》やいだ劇場のロビーだったような錯覚にとらわれた。

「ケーキ買ってきたのよ。静江と一緒に食べていかない？」

木暮修造の後妻に落ちつくまでは、名もない小さな俳優養成所で演技の勉強をしながら、クラブホステスのアルバイトをしていたと聞いている。昔から女優になるのが夢だったそうだが、テレビにもスクリーンにも一度も登場したことがない。

同じ養成所にいた男との間に正実ができたが、出産後まもなく、正式な婚姻関係を結ばないまま別れてしまった。静江の話によると、正実の将来だけを案じて、深く考えもせずに木暮修造と結婚したのだという。

だが、それもあやしいものだ、と弓川は思っていた。雪乃のような女は、子供のためを思ってわが身を犠牲にする女ではない。木暮修造が大きな病院の院長でなかったら、あんな年寄りの求婚は決して受けなかっただろう。

弓川は形ばかり微笑んで、嘘をついた。「せっかくですが、店に戻らなくちゃいけないんです。だから、これで」

「忙しいのね。残業？」

「新しく入荷した稀覯本《きこうぼん》が幾つかあって、今夜中にその整理をしなくちゃいけないものですから」

「キコウボン？」

「珍しい本、という意味ですよ」弓川はそう言い、慌《あわ》ただしく頭を下げた。「それじゃまた」

「恵一さんたら、相変わらずお固いんだから」雪乃はすねたように笑い、上目遣いに彼を見た。「冗談のひとつも通じやしない」

「冗談って何ですか」

「たとえばこういうことよ」そう言って雪乃はつと弓川に寄り添うと、すがるようにして彼の腕につかまり、大きく伸びをしながら耳元で囁いた。吐息の中にまで、香水の香りが感じられた。「一緒にケーキを食べて、その後、私を家まで送ってくださらない？」

言われている意味がわからなかった。弓川が身体を離して雪乃を睨《にら》みつけると、雪乃は「いやあだ」と笑って、ぽんと彼の背をたたいた。「ほら、やっぱりそういう顔をする。恵一さんたら、よっぽど私が怖いのね。誘惑されたりしたら、どうしようって思ってるんでしょ。だから冗談が通じなくなるのよ。わかる？」

「いや、僕は別に……」

雪乃はげらげら笑い、ちょっとからかっただけよ、と言いながら、弓川の背後に向かって手招きした。気がつかなかったが、帰ったとばかり思っていた阿佐子と正実が、ロビーの隅にいて、ちらちらとこちらを窺《うかが》っているのが見えた。

「来る途中で、子供たちとばったり会ったの。今日はお手伝いが郷里に帰ってて留守だし、主人もいつものように帰りが遅いし、いっそ外でごはんを食べよう、ってことになってね。ケーキを静江に届けたら、このまま車でどこかのレストランに行くつもりなんだけど……恵一さんも一緒にいかが？」

正実がふざけて阿佐子を後ろから羽交《はが》い締《じ》めにし、プロレスのまねごとをし始めた。阿佐子が大げさに身もだえした。笑い声がロビーに轟《とどろ》いた。少女そのものといった、かん高い笑い声だった。

「いかが？」雪乃が繰り返した。

「せっかくですが、さっきも言ったとおり」と弓川は言った。「仕事が残ってるもんですから」

「キコウボンのお仕事だったわね」と雪乃は言い、何が可笑《おか》しいのか口に手をあててくすくす笑った。

弓川は雪乃に一礼し、その場を去った。阿佐子は正実と戯《たわむ》れながら、無邪気な視線を投げてきた。正実に羽交い締めにされているせいで、セーラー服の胸のふくらみが強調され、目のやり場に困った。

彼は立ち止まり、「さよなら」と言った。「今日は静江のために花をもってきてくれてありがとう」

「お見舞いに来るのは当然よ」笑顔の中で阿佐子は思いがけず、あっさりと親しげに言った。「私も正実も、静江おばさんが大好きなんだから」

よかった、と弓川は言い、うなずいたが、それ以上、何を話せばいいのかわからなくなった。彼は黙って歩き出した。背後で阿佐子と正実の笑い声がはじけ、雪乃がじれったそうに子供たちを呼び寄せる声が響いた。

雪乃の誘いを受ければよかった、とふと思った。そうすれば、あの少女ともっと話をすることができたかもしれない。

たとえ一瞬にせよ、そんなことを考える自分が愚かしく、腹立たしかった。ばかばかしいにもほどがあった。小娘と呼ぶのすらためらわれる、たかだか十六、七になったばかりの少女である。三十になろうとしている男……しかも病身の婚約者を案じている男が、間違っても胸をときめかすような相手ではない。

弓川はコートの襟《えり》を立て、急ぎ足で病院の外に出ると、ひんやりとした夜の舗道を駅に向かって歩き始めた。

静江の検査入院は一週間で終わった。一連の検査の結果、ほぼ間違いなく肺結核であろうという診断がついたが、症状が強かったわりには軽症で伝染性もなく、静養と投薬の指示を受けるにとどまった。

そんな静江が木暮の家で静養することになったのは、雪乃の強い勧めがあったせいである。せっかくよくなりかけているのに、ここでまた勤めに出たりしたら、治るものも治らない、余計なことは考えずに、じっくり静養しておかないと恵一さんとの結婚も遠のいてしまうじゃないの、などと雪乃は言い、あまり気乗りのしない様子だった静江を言いくるめてしまった。

雪乃の夫、木暮修造の了解を得るやいなや、広々として空き部屋の多かった木暮の家の、一階の南に向いた小さな居心地のいい和室が静江のために用意された。のんびりとテレビを見たり、本を読んだりうたた寝したり、おいしいものをたくさん食べて、天国のような生活を送りなさいな……そんなふうに熱心に勧める雪乃の優しさは一見、妹思いの優しさに見えたが、実はまったく種類の違うものなのだろう、と弓川は思っていた。

自分ばかりが裕福な男の後妻におさまり、何不自由のない華やいだ暮らしを続けている時に、たった一人の妹が、聞いただけでうんざりするような地味な経理の仕事をして生活しながら、結婚を目前にして胸を病み、倒れたのだ。ここはやはり、富める者の一人として幸福のおすそわけをしなければ気がおさまらない、と雪乃は考えたに違いなく、その成り上がり的な傲慢さが弓川をひどく不快な気分にさせもした。

とはいえ、もとより静江の身体を思えば、木暮の家で静養させるにこしたことはなかった。木暮の家には、マキと呼ばれる働き者のお手伝いがいた。一人でアパートに暮らしていれば、つい食事も億劫《おっくう》になり、簡単なもので済ませてしまいがちである。医師でもある木暮修造の管理のもと、雪乃やマキの世話を望めるのであるから、ここは雪乃の勧めにしたがっておくほうが賢明だろう、と弓川は判断した。

弓川の勤めている綺譚書店の閉店時間は午後六時だったが、毎週火曜と金曜にアルバイトの大学生が来てくれるので、好きな時間に店を抜けることができた。したがって、弓川が二子玉川園《ふたこたまがわえん》にある木暮の家に静江の見舞いに訪れるのは、店の定休日と、火曜金曜の夕方に決められた。

　春浅い三月の夕暮れ時、とばりが降りかかっている多摩川の傍の小道を急ぎ足で歩き、木暮の家に着くと、たいてい静江本人が玄関先まで迎えに出て来てくれた。もう大丈夫なんです、ほんとよ、熱も出ないし、元気いっぱいなんですから……そう言いはる彼女は、傍目《はため》にも健康そのものに見えたが、それでもやはり、部屋で話しこんでいると、急に具合が悪くなることがあった。

　黙りがちになったと思ったら、「すみません。横になっていいですか」と言いながら、傍の布団《ふとん》に這《は》うようにしてもぐりこんでいく。まだ無理は禁物だね、と彼が言うと、静江は仰向けになったまま物悲しい目をして軽くうなずき、うなずいた後、決まって涙を浮かべるのだった。

　弓川が静江の見舞いに訪れる時、雪乃が在宅していることはめったになかった。買物、習い事、友達との会合など、頻繁に外出して家に腰を落ちつけている様子もなく、静江の部屋にお茶を運んで来てくれるのはお手伝いのマキか、さもなければ阿佐子だった。

　日曜日はもちろんのこと、火曜と金曜の夕方、阿佐子はたいてい家にいた。いない時でも、弓川が帰る時間までには必ず学校から戻って来て、ふだん着に着替えてから静江の部屋に顔を出し、「こんにちは」などと大人びた挨拶をしてきた。

　弓川が持参した菓子やケーキを勧めると、甘いものが好きらしく、その場ですぐに食べ始める。さして楽しそうでもなかったが、かといって退屈している様子もなかった。静江や弓川の会話に加わって、少女らしい好奇心を示しながら目を輝かせることもあり、そんな時、決まって弓川は、この子の目を輝かせてやることができるのなら、なんでもしてやりたい、などと思うのだった。

自宅にいる阿佐子は、たいていジーンズにトレーナーといういでたちだった。正実と共有でもしているのか、トレーナーは明らかに男もののLサイズだった。

弓川と静江の前では阿佐子はいつもくつろいで、畳の上で無防備な姿勢をとる。あぐらをかいたり、ふざけて両足をばたつかせたり、横座りになったまま、体操でもする時のように両腕を高くあげて伸びをしたり。

ぶかぶかのトレーナーだったが、だからこそ余計に、阿佐子の身体の丸み、柔らかさが布地を通して見てとれた。そのたびに弓川は息苦しくなった。

阿佐子の学校生活、阿佐子の趣味、阿佐子の好きなテレビ番組、好きな食べ物、好きなタレント、将来の夢……彼は罪のない幾つかの質問ばかりを繰り返した。あまりに平凡な質問で退屈するせいか、あるいは、そうした質問をされることがあまり好きではなかったのか、阿佐子の答え方はまもなくぶっきらぼうになる。

そんな時、弓川は機を逃さずに、すぐに自分の話に切り換えた。綺譚書店という特殊な本屋に置いてある本の話……バタイユやマンディアルグの小説、バイロスやビアズリーのエロティックな絵、耽美的《たんびてき》な詩集の数々、今ではとても手に入らなくなっている希少価値のある函《はこ》入り豪華本にいかに美しい絵がついているか、など、わかりやすく語ってやると阿佐子は、未知の領域にふみこもうとしている時の生真面目な少女の目をして弓川をじっと見つめた。

いとおしさのあまり、弓川の話にも熱が加わる。時折、阿佐子が思い出したように、自分が読んだ小説の話を始める。太宰治が好き、と言う阿佐子は、好きと言うわりには作品のタイトルをまるで覚えておらず、弓川を苦笑させる。そして静江はいつも弓川に寄り添うようにして、にこにこと二人のそんなやり取りを聞いているのだった。

時には木暮家の食卓を囲んで、夕食を共にしていくこともあった。木暮修造が夕食時に家にいることはなかったから、食卓では雪乃がいつも、女王然としてふるまっていた。

話題の大半は雪乃が奪った。正実も阿佐子も、食事の時は無言のままだった。静江がたまに、居合わせた人間の話を始めようとすると、すぐさま雪乃がその話題を受けて自分の言葉で言い直し、やがていつのまにかその話はうやむやになって、雪乃の粘っこい口調だけが冷めた料理のように食卓に残される。やがて気がつくと、雪乃はもう、別の話題に夢中になっており、誰もがそれに耳を傾けざるを得なくなる、という具合だった。

テレビがつけっ放しになっているわけでもなく、喋《しゃべ》っているのは雪乃一人で、誰一人として雪乃に対抗するような人間はいなかった。なのに木暮家の食卓はいつも騒々しく、同時に空しく寂しかった。

食事の後、コーヒーを勧められるのを断って、弓川がいとまを告げると、いつも静江が見送りに来て、少し外を歩くと言ってきかなかった。身体にさわるから、と断っても無駄で、コートをはおるなり、そそくさと彼の後について外に出て来てしまう。

三月とはいえ、まだ夜は冷え込んだ。だめだよ、風邪をひいたらどうする、などと言いながら、暗がりの中で弓川が静江を押し戻そうとすると、彼女はふいに怒ったような顔をしながら彼の首に両腕をまわし、妙に火照った感じのする唇を彼の唇におしつけて「おやすみ」と言うなり、家に駆け戻って行くのだった。

そんな或る日、弓川がいつもの通り、金曜の夕方に木暮家を訪れてみると、マキひとりが玄関に出て来た。静江は部屋でやすんでいる、という。

「熱が出たの?」

「いいえ、そうじゃないんですが、お昼を召し上がった後で、なんですか、ご気分が悪いとおっしゃって」
二十五、六になる、気のいい健康そうなお手伝いだった。半年に一度の割合で郷里の福島に帰っては、見合いを繰り返しているようだが、いっこうに決まる気配がない、と静江から聞いている。
「奥様はお留守ですし……」とマキは言い、不安げにもじもじとエプロンをいじりまわした。「お医者様に来ていただいたほうがよかったんでしょうか」

病気といったら感冒くらいしか経験したことがないらしい。気分が悪くて臥せっている人間に、どう対処すればいいのか見当もつかず、自責の念にかられている様子が見てとれた。

きちんと薬も飲んでいるし、安静にしてもいるんだから病気が悪くなるはずもない、心配はいらないだろう、と言ってマキを安心させ、弓川はまっすぐ静江の部屋に向かった。

部屋では静江が床に伏したまま彼を迎えた。昼食後、食べたものを吐き戻してしまっただけなのだという。熱はない様子だった。

「でも、吐いたということは内緒にしてください。マキちゃんが気にしますから。お昼に食べたものにあたったと思うかもしれませんし」

「そうではなかったんだろう？」

「ええ。温かいおうどんだったし、あたるようなものは何も口にしてません。第一、姉も同じものを食べたんです」

あの女が、食べ物にあたるわけがない、と弓川は思った。「お姉さんは外出？」

「お友達に会いに行ったみたい。どこに行ったのかは知りません」

どんよりと曇った肌寒い日だった。部屋に置かれた小型の灯油ストーブの上では、やかんの湯がしきりと湯気をあげている。

弓川は静江が泣いていることに気づいた。静江の涙には慣れていたが、嗚咽《おえつ》まじりに泣くことはめったになかった。彼は布団の傍ににじり寄り、「どうした」と小声で聞いた。

「わからない」静江は目を閉じ、唇を震わせた。「私、焦っているのかもしれない。早く元気にならなくちゃ、って。焦っているのかもしれない」

「すぐに元気になるよ。保証する」

「もしも、って思うことがあるの。もしこのまま、ずっと元気になれずにいたら、って。みんなの厄介者になったまま、死んでいくのはいやなんです。耐えられない」

「馬鹿だな。死ぬような病気じゃないんだ。完治するし、そもそもきみは軽症なんだから。意外だな。静江が甘えん坊だったってことが、いま初めてわかったよ」

布団から手が伸びてきて、弓川の手を力強く握った。「ごめんなさい。恵一さんに申し訳なくて、つい……」

弓川は両手を使って握り返してやった。静江は微笑み、涙をふいた。弓川も笑いかけた。笑いながら、何か気持ちの中に嘘があるような気がした。それが何なのか、確かめるのが恐ろしかった。

玄関に人の気配がし、縁側に足音が響いたと思ったら、阿佐子のはずんだ声がした。「静江おばさん、買ってきたわ。可愛いわよ。見て」

勢いよく障子が開き、制服姿の阿佐子が現れた。手にドーム型の鳥籠《とりかご》をぶら下げている。

阿佐子は弓川を見ると、屈託なく笑いかけた。まるで同世代の友達に笑いかけた時のような少女めいた興奮が感じられ、まもなくそれは弓川にも伝染して、彼は自分の吐息が熱くなってくるのを感じた。

「まあ、白文鳥《はくぶんちょう》じゃないの」静江が布団の上に起き上がった。寝ていたせいで、後頭部の髪の毛がつぶれ、ひどく病みおとろえているように見えるのが哀れだった。

「手乗りなのよ。まだ若い鳥ですって。桜文鳥よりも、こっちのほうがきれいでしょう?」

「高かったんじゃない?　渡したお金で足りた?」

「平気。それよりもね、鳥屋のおじさんが、餌《えさ》をおまけしてくれたの。ビタミン剤までくれたわ。時々、キャベツの葉をやると、もっといいんですって」

静江が退屈しのぎに小鳥でも飼おうかしら、と言いだし、阿佐子が賛成して、学校帰りに小鳥屋で買って来たのだという。

阿佐子は鳥籠を畳の上に置き、ふわりとスカートを広げて座ると、早速、籠から文鳥を取り出した。両手にくるんだ文鳥に頬《ほお》ずりし、匂いを嗅ぎ、彼女は目を細めた。「あったかいわ。それに、干し草みたいな匂いがするのよ」

強い視線を感じたせいかもしれなかった。阿佐子が弓川に向かって「どう?」と言いながら文鳥を差し出した。

弓川は手を伸ばした。小鳥を受け取ろうとした時、阿佐子の手が弓川の手に触れた。やわらかいが、冷たい手だった。その冷たさの中に、ふわふわとした小鳥のぬくもりがあり、それはまるで阿佐子自身を象徴しているように思えた。

阿佐子の手を意識したせいか、弓川の手の動きがぎこちなくなった。文鳥が羽を広げ、暴れ出した。こらこら、と言いながら、阿佐子は鳥をなだめ、弓川の両手に自分の手をくるませるようにしながら、彼の掌《てのひら》の中にそっとその小さな生き物を乗せた。

「冷たいね」彼は言った。

「あら、そう？　あったかいじゃない」

「違う。鳥が冷たいんじゃない。阿佐子ちゃんの手が冷たい、って言ったんだ」

彼女の顔から、波がひくようにして笑みが消えていくのがわかった。おずおずとした視線があたりをさまよったかと思うと、やがて阿佐子は弓川を無表情に見つめ、それが癖なのか、ぶるんと頭を振って、肩まで伸ばした髪の毛を大きく揺すった。

さしのべた手から、ひとまず逃げようとし、それでいて懐《なつ》こうか懐くまいか逡巡《しゅんじゅん》している捨て猫を見るような思いがした。ひと思いに抱きかかえ、懐に入れて連れ帰ってしまえばいい……猫ならそうすることもできる。だが、相手は生きた人間だった。しかも、彼の傍には静江がいた。

彼は文鳥を静江に手渡し、静江が鳥に夢中になったのを見届けてから席を立った。

「どこに？」静江が顔を上げた。

「ちょっと外に。煙草《たばこ》が吸いたくなったんだ。すぐ戻るよ」

煙草は日に二、三本しか吸わない。木暮の家では吸ったことがなかった。静江は怪訝《けげん》な顔をした。かまわずに彼は部屋を出た。

玄関から外に出て、早くも花をつけている沈丁花《じんちょうげ》の植え込みの傍に立ち、煙草に火をつけた。静江の部屋の中に漂っていた息苦しさが何なのか、自分でもよくわからなかった。いたたまれないほど息苦しく、一刻も早くそこから立ち去りたいと思うくせに、いざ離れてみると、再びあの息苦しさに身を委《ゆだ》ねてみたくなる。

門のあたりで自転車の音がした。春休みでどこかに遊びに行っていたのか、正実が自転車を引きずりながら、敷地の中に入って来た。

弓川の顔を見ると、どうも、と正実はぶっきらぼうに言った。白いセーターにジーンズ姿で、じきに中学入学と聞けば、なるほどそれなりに大人びても見えた。

「阿佐子ちゃんが文鳥を買ってきたよ」

弓川が話しかけると、正実は「はい」とだけ応えた。

「知ってた?」

「いえ、別に」

「見ておいでよ。可愛いよ」

正実、と玄関先で阿佐子の声がした。「なんだ、帰ってるんじゃない。早くいらっしゃいよ。静江おばさんの部屋に手乗り文鳥がいるのよ」

今行く、と正実は高らかに声をあげ、弓川の傍をすり抜けて家の中に入って行った。

玄関の上がり框《がまち》に阿佐子が立って、正実を迎えているのが見えた。はいていたバスケットシューズの紐《ひも》がなかなかとけず、正実は悪戦苦闘し始めた。

くそ、固結《かたむす》びになっちゃったよ、と正実が言った。阿佐子が笑い声をあげ、白いソックスをはいたままふわりと三和土《たたき》に降りて来ると、正実の足もとにしゃがんで手伝い始めた。たちのぼる煙草の煙の中にとらえた阿佐子の姿は、どういうわけか弓川に強烈な罪の意識をもたらした。沈丁花の花の香りが喉にむせかえるようだった。

俺はどうかしている、と彼は思った。


阿佐子がふいに、渋谷にある綺譚書店を訪ねて来たのは、四月に入って間もない日曜日の夕方である。

ちょうどなじみの客が帰ったところで、店にいたのは弓川ひとりだった。阿佐子は中に入って来るなり、目を丸くしてあたりを見回すと、おずおずとした足取りで店内を回遊し始めた。

店は渋谷の駅から歩いて四、五分。ファッション衣料の会社が入った古いビルの三階にあった。四坪あるかどうかの狭い店に窓はひとつもついていない。おまけに壁も天井も真っ黒で、珍しい本ばかり詰められた書棚には、天井からスポットライトの明かりがあたり、地下室にある秘密の書庫を思わせる。

すべて経営者の趣味だった。一般書店の、蛍光灯の光の下に山積みにされた本はただの商品に過ぎない、とは、弓川の父親ほどの年齢にあたる経営者の口癖だった。本の魔力には素直に従わねばならぬ、というのが彼の信念で、なるほど秘事の舞台を思わせるような店内装飾は、少数ながら一部の好事家の絶大な人気を博していた。

書棚の本に魅入られた様子で、いつまでも用向きを言わない阿佐子に、しびれを切らして弓川は言った。「よくここがわかったね」

「前に、静江おばさんから聞いてたもの」

阿佐子はそう言い、思い出したようにショルダーバッグの蓋《ふた》を開けると、一通の封書を取り出した。「はいこれ。おばさんからの手紙。ポストに入れてきてって頼まれたんだけど、私、今日、ちょうど渋谷に用があったもんだから」

封書は手にしてみると軽かった。面倒な内容の手紙ではなさそうだった。弓川は内心、ほっとし、封書をレジカウンターの引出しにすべらせた。

「読まないの？」

「あとで読むよ」

そう、と阿佐子は言った。「ラブレターなのに、読みたくならないの？」

「ラブレターのわけがないだろう？」弓川は笑った。

「どうして？」

「結婚が決まった相手に書くのはラブレターじゃないよ。ラブレターってのは、まだ恋の行く末がわからない相手に向かって書く手紙のことを言うんだからね」

「へえ。ちっとも知らなかった」

阿佐子は制服でもトレーナーでもない、大人びた感じのする千鳥格子《ちどりごうし》柄のワンピースを着ていた。髪形はいつもと変わらなかったが、顔にはうっすら化粧の跡があり、いつにも増していっそう美しく見えた。

「誰だかわからなかったよ」弓川は嘘を言った。「さっき店に入って来た時、阿佐子ちゃんだとは思わなかった。制服を脱ぐと大人っぽくなって、ずいぶん変わっちゃうんだね。女の人はおそろしい」

「日曜日だけ、口紅を塗るの」阿佐子は言った。まるで、「日曜日だけ壁のペンキを塗るの」と言っているように聞こえた。

彼女はショルダーバッグをレジカウンターに置くと、座る場所を探して、あたりをきょろきょろ眺めまわした。弓川は折り畳み椅子を出してやった。阿佐子は礼を言い、椅子に深く腰をおろすと、腰を大きくくねらせるようにしながら足を組んだ。

「雪乃さんってね、そういうことにだけはうるさいの」阿佐子は口をとがらせた。「お化粧のことよ。学校の規則は守らなくちゃだめだ、って、そればっかり。パパのほうがずっと楽。パパは自由にさせてくれるわ。というよりも、私のことは雪乃さん任せにしてる、って言ったほうがいいけど」

「お母さんのことを雪乃さん、って呼ぶんだね」

阿佐子は上目遣いに彼を見た。「いけない？」

「そうは言ってないよ」

「お母さんとは呼べないもの。あの人は本当のお母さんじゃないんだし」

「面と向かっていても、雪乃さん、なんて呼んでるの？」

「そう。でも、めったに呼ばないわ。あんまり雪乃さんとは話をしないから。話すことがないの。話したいとも思わない」

わかるような気がするよ、と弓川が言うと、阿佐子は目を光らせて、くすっ、と笑った。

「でも安心して。私、静江おばさんは大好きよ」

「そうらしいね」

「言ったことがあるの。おばさんの子供にして、って」

「彼女、どう答えた？」

阿佐子は顔を上げた。「私を抱き締めたまんま、黙ってた。おばさんって、すぐ泣くのね」

「泣いてた？」

阿佐子はうなずいた。弓川は深く息を吸った。座っていた椅子がぎしぎし鳴った。「それにしても、阿佐子ちゃんは正実君と仲がいいんだな。羨《うらや》ましいくらいだ」

「正実は一番の友達だもの」

「なんだか、阿佐子ちゃんの恋人みたいに見えてしまうこともある」

「まさか。もしそうだったら、近親相姦《きんしんそうかん》になっちゃうじゃないの」

弓川は短く笑った。「ならないよ。だって、きみと彼とは本当の姉弟じゃないんだし……」

ふいに沈黙が訪れた。突き刺さる矢のような沈黙だった。弓川は言葉をのんだ。

知ってるわ、そんなこと、と彼女は言った。視線がいたずらにあたりをさまよった。落ちつかなげにワンピースの裾《すそ》についていたらしい埃《ほこり》を払い、足を組み替え、次いで天井を仰ぐと、阿佐子は唇をきつく噛んだまま、いつものように大きく髪の毛を揺すった。

その目に涙がにじんでいるのを見て、弓川はうろたえた。

「悪かった」と彼は言った。何か言いたかったのだが、言葉が続かなかった。

阿佐子は唇をなめると、彼に向かってぎこちなく笑いかけ、椅子から立ち上がった。書棚を見上げながら、両手を後ろで組み、彼女は長い間、本の背表紙を見ていた。

「知らない本ばっかりだわ。見たことも聞いたこともない人の名前ばっかり」

「無理もないよ。阿佐子ちゃんじゃなくても、ここにある本の作者を全部知ってる人は、とても少ないんだ」

「でも、なんだか落ちつける場所ね」

「そう言ってもらえると嬉しいよ」

「落ちつきすぎて、眠くなっちゃうかもしれないけど」阿佐子はそう言って、あまり可笑しくなさそうに笑った。

「阿佐子ちゃん、恋人は？」弓川は聞いた。「いるの？」

幾多の質問……平凡で世俗的で、阿佐子のような少女に誰もが聞きたがるようなことばかり、繰り返し質問し続けてきたというのに、考えてみれば、その質問だけはしたことがなかった。

書棚を見上げていた阿佐子が、弓川のほうに目を向けた。「私、女子校に通ってるのよ」

「女子校だからって、関係ないんじゃないのかな。通学途中で声をかけられたり……阿佐子ちゃんを狙《ねら》ってる男の子は無数にいるはずだ」

「声をかけてくるのは、芸能界の人ばっかり」阿佐子はそう言うと、近くにあった本を一冊、抜き取り、面白くもなさそうにページをめくり始めた。シュールレアリズム詩集と題された厚手の本だった。「モデルになりませんか、とか、演技の勉強をしませんか、とか、テレビに出ませんか、とかね。ばかみたい」

「そういうのは嫌いなんだね」

「嫌いよ」阿佐子は力をこめて言い、詩集を元の棚に戻した。「大っ嫌い」

「でも阿佐子ちゃんを見て、声をかけたくなる男の心理はわからないでもないよ。きみには多分、自分でも気づいていない魔力があって、それが人を惹《ひ》きつけるんだ。宿命みたいなものかもしれない」

「『奥さまは魔女』じゃあるまいし」阿佐子は小馬鹿にしたように肩で笑った。「私に魔力があったら、もっと別な生き方をして楽しんでたわ、きっと」

「例えば？」

「『奥さまは魔女』とおんなじよ。ダーリンみたいな旦那様と結婚して、タバサみたいな子供を生むの。そして時々、鼻をひくひく動かして、私の嫌いな人たちをひどい目にあわせて……」

「いいね」

「でしょう？」

阿佐子が喋《しゃべ》れば喋るほど、不思議なことにあたりに静謐《せいひつ》さが広がっていくような気がした。空気の流れが滞り、弓川の中で時間が止まった。

弓川はレジカウンターの引出しからカメラを取り出した。近所に、ちょっとした桜並木の通りがある。二、三日前から、つぼみが大きくふくらみ始めた。全開になったところを見計らって撮影しようと思い、あらかじめ用意しておいたカメラだった。

腕時計を覗《のぞ》き、六時になっているのを確かめてから、彼は言った。「近くに桜がきれいな場所があるんだ。ちょうど今日あたり、夜桜を撮りに行こうと思ってた。そろそろ店を閉めるけど、よかったら一緒に夕食でも食べないか。静江の手紙を届けてくれたお礼に、好きなものをごちそうするよ」

そういえば、お腹がすいた、ぺこぺこよ、と阿佐子は無邪気に言い、弓川に向かって胸と顎《あご》を突き出すようにしながら、いたずらっぽく微笑んだ。美しいが、ひどく無防備な感じのする微笑みで、思わず「僕の前でそんな笑みを見せてはいけない」と言いそうになるほどであった。

弓川が阿佐子を連れて行ったのは、店から歩いて五、六分のところにある小さな洋食レストランだった。有名ホテルで修業したという初老の男が夫婦で経営している店で、値段が庶民的なわりには驚くほど味がよく、店の佇《たたず》まいにも気品があった。

なじみにしていたせいか、店の女主人は弓川を奥の窓際の席に案内してくれた。とばりが降りた桜並木が遠くに見渡せる、眺めのいい席だった。

牛ヒレ肉のステーキとサラダを二人分注文し、弓川だけがビールを飲んだ。阿佐子はゆっくり食事をした。まるで一匙《ひとさじ》一匙、その美味《おい》しさを味わっているかのようで、フォークとナイフを器用に使って肉を切り、小さな塊を少しずつ口に運んで行く。嚙みしめ、味わい、その合間の屈託のないお喋りも楽しげだった。木暮の家では決してそんな食べ方をしない阿佐子を思い出し、弓川の気持ちははずんだ。

食事の後、阿佐子は甘いものを欲しがった。バニラアイスクリームをすすめたが、それを食べ終えてもまだ、物足りないような顔をしている。

気をきかせて、弓川がさらにチーズケーキを注文してやると、阿佐子は「まるごと一つは食べられないわ。半分こずつしない？」と言い、ケーキの皿をテーブルの中央に置いた。阿佐子と二人、一つ皿のケーキを分け合って食べながら、馬鹿げたことと知りつつ、幸福のあまり弓川はあやうく涙ぐんでしまうところだった。

化粧室に立った阿佐子が戻って来た時、弓川はふと、香水かオーデコロンの香りを嗅いだように思った。

「これ、どうかしら」阿佐子は着ていたワンピースの袖口《そでぐち》をまくりあげ、白い手首を彼に差し出した。「いい匂いだと思う？」

弓川はそっとその手首をつかみ、鼻を近づけた。鼻先に阿佐子の肌が触れるのがわかった。

「うん。いいよ。素敵だ」

「雪乃さんには内緒よ。今日、渋谷で買っちゃったの。強すぎない？」

「いいや、ちょうどいいと思うよ。阿佐子ちゃんに似合う香りだ」

よかった、と阿佐子は言い、またしてもひどく無防備な笑みを向けた。

店を出ると、午後八時になっていた。人通りの多かった住宅街の桜並木にも、静けさが戻りつつあった。弓川は阿佐子と並んでゆっくりと並木道を歩きながら、途中で阿佐子を立ち止まらせ、何枚も写真を撮った。

風のない夜だった。街灯の明かりを映した夜桜は、途方もなく白く見えた。いくらカメラを向けても、阿佐子は花の下にぼんやり立っているだけで、何ひとつポーズをとろうとしない。だが、その目は、恐ろしいほど真摯《しんし》な光を放っており、絢爛《けんらん》と咲き狂う花の中、そこだけが静けさをたたえていた。

弓川は現実に自分がいる場所、自分がしていることが理解できなくなった。覚えのある、あの息苦しさが戻ってきた。ファインダー越しになぞるような視線を這わせながら、弓川は阿佐子に気づかれぬよう、何度も深く息を吸わねばならなかった。

写真を撮り終えてから、再び並んで並木道を歩いた。何かの拍子《ひょうし》によろけ、つと阿佐子が弓川の腕に肩をぶつけたのをきっかけに、彼は彼女の肩を抱き寄せた。そよとも動かぬ桜の枝が張り出した、坂道の途中の出来事だった。阿佐子はかすかに身体を固くしたが、いやがる素振りは見せなかった。

春の夜の空気の中に、かすかな花の香りと阿佐子がつけた香水の香りとがまざり合った。彼は烈しく阿佐子を求めようとしている自分を感じた。狂気の沙汰《さた》だ……と弓川は思った。

それは明らかに性的な欲望でありながら、同時に性とは程遠い、何か切なさを伴う情愛のようなものでもあった。とはいえ、弓川は自分の子供をもった経験がない。したがって、それが愛娘を思う時の父親の気持ちと同じものなのかどうかすら、彼には判断がつきかねた。

「そろそろ帰らなくちゃ」と阿佐子が言った。消え入りそうな声だった。

抱き寄せていた彼女の肩に、弓川の手の熱さが伝わって、汗がにじみ始めた。渋谷の駅まではもうすぐだった。休日の夜を楽しむ人達で、街は活気づいている。

家まで送るよ、と弓川が言うと、阿佐子は軽くうなずき、半ばほっとしたように、そっと肩から彼の手をはずした。

二子玉川園の木暮の家まで阿佐子を送り届けた時、時刻は十時近くになっていた。マキと雪乃、それに静江が三人そろって玄関まで出て来た。夕食の煮物の匂いなのか、玄関にはこもったような甘辛い料理の匂いが漂っていて、その匂いの中に立って弓川を迎えた三人の女は、気味が悪いほど家庭的で生活臭く見えた。

店に阿佐子ちゃんが訪ねて来てくれたので、夕食をごちそうさせていただいた、遅くまで引き止めてしまい、申し訳ない……弓川はそう言って雪乃に挨拶し、静江に向かって微笑みかけた。

静江は無表情のまま、彼を見つめ返した。そんな顔の静江は、これまで見たことがなかった。

あがってコーヒーでも飲んで行ってよ、と雪乃が熱心に誘ってきた。もう遅いですから、と弓川は断った。

「いいじゃないの。おあがんなさいよ。静江だって喜ぶわ」

「いいえ、今日のところはこれで。また、改めて来ますから」

女たちに背を向けて、弓川が玄関の外に出ようとした時だった。ばたばたと静江が廊下を走り去って行く音がした。

　静ちゃん、どうしたのよ、と雪乃が声をかけた。振り向いた弓川の視線を阿佐子の視線がとらえた。困惑と苛立《いらだ》ち、寂しさ、不安……そんな気持ちが混ざり合ったような目で一瞬、彼を鋭く凝視すると、阿佐子は静江を追うようにして奥に引っ込んで行った。


　生来の虚弱体質ゆえか、静江の回復は遅く、担当医を手こずらせた。これ以上、特別な静養は必要ない、と太鼓判を押されるようになるまでに、さらに丸一ヵ月を要し、やっと静江が職場に復帰できるようになったのは、五月の連休が明けてからだった。

　朝から降り出した雨が、午後になっていっそう雨足を強めた日、弓川は木暮の家まで静江を迎えに行った。衣類などの荷物はあらかじめ静江のアパートに送ってあったので、手荷物は小さなボストンバッグ一つと、白文鳥が入った鳥籠だけだった。小鳥が恐がらないよう、鳥籠は萌葱《もえぎ》色《いろ》の大きな風呂敷でくるまれてあった。

　阿佐子は学校から帰らず、不在だったし、マキは買物に出ていて留守だった。静江が雪乃のレインコートを借りるために、雪乃の寝室に入って行ったため、玄関先には弓川だけが残された。

　正実が出て来て、いつものようにぶっきらぼうに弓川に向かって挨拶をすると、上がり框《がまち》に腰を下ろし、バスケットシューズの紐を結び始めた。どこかに出かけるようだった。

雪乃にも静江にも見られたくないものがあった。できれば阿佐子本人に手渡したかったのだが、阿佐子がいないのなら、正実に頼むのが一番のように思えた。

弓川は正実に話しかけた。「悪いんだけど、これ、後でお姉さんに渡しておいてくれないかな」

弓川が茶封筒を差し出すと、正実は上がり框に座ったまま、怪訝な顔をしてそれを受け取った。

「写真なんだ。お姉さんの。四月の初めにたくさん撮らせてもらってね。中でも一番いいやつを引き伸ばしてみたんだ。今日、阿佐子ちゃんがいればよかったんだけど、留守のようだから、正実くんから渡してほしい」

正実はうなずき、立ち上がって手の汚れをズボンで払う仕草をすると、封筒を手に弓川を見た。「見てもいいですか」

「ああ、いいよ。お姉さん、とってもきれいに写ってる」

茶封筒の中のものを引き出し、正実は写真をしげしげと眺めた。表情に変化はなかった。褒《ほ》めもせず、けなしもせず、そこに写っているものが、ただの見知らぬ女のポートレートだったかのように、正実は写真を再び茶封筒に戻すと、靴箱の引き戸を開けて、それを中に投げ込んだ。

「この靴、いったん紐を結ぶとほどくのが面倒くさいから。ここに入れておいて、帰ったら姉に渡します」

　正実が帰宅するまでに、雪乃に見られてしまう可能性はあったが、それも致し方なかった。秘密の写真でもないのだから、気にする必要はない、と弓川は自分に言い聞かせた。

　忘れないように頼むよ、と弓川は言った。正実は仏頂面《ぶっちょうづら》をしてうなずくと、そのまま雨の降りしきる外に走り出て行った。

　雪乃からレインコートを借りた静江が戻って来た。弓川は彼女と二人、雪乃に向かって礼を言ってから木暮の家をあとにした。

　鳥籠も持ってやるよ、と弓川がいくら言っても静江は聞かなかった。傘をさし、大切そうに鳥籠を胸に抱えて、いかにも歩きにくそうなのだが、気にしている様子はない。弓川はボストンバッグを手に、そんな静江と並んで雨の道を駅に向かった。

　途中、バス通りにさしかかった時、通りを隔てた停留所で止まっていたバスから、阿佐子が降りて来るのが見えた。制服姿の阿佐子は雨空に向かって、紺地に白い水玉模様の傘を勢いよく広げると、雨に煙る舗道を急ぎ足で歩き始めた。

　遠目には、ごくふつうの女子高校生にしか見えないのに、そこにはやはり、年齢にまったくふさわしくない官能が、甘ったるい死の影のようにまとわりついている。弓川は立ち止まり、息をのんで阿佐子の後ろ姿を見送った。

「どうかした？」静江が聞いた。

彼は慌てて言いつくろった。「阿佐子ちゃんがいたような気がして……」

「あら、そう？」静江は立ち止まり、彼の視線を追った。「見えないわ。どこ？」

「バスから降りて来たんだ。水玉模様の傘をさしてたはずだけど……ああ、もう見えなくなった。違ったのかな」

静江はしばらくの間、阿佐子を探すようにして爪先《つまさき》立って後ろを見ていたが、まもなく姿勢を元に戻し、まるで赤ん坊でも抱くようにして鳥籠を抱え直すと、「ほうら、行きますよ」と、中の小鳥に話しかけた。

駅は雨の中、買物に出て来た人たちで混雑していた。切符を買い、プラットホームに上がって、空いていたベンチに並んで座った。

すぐ傍に多摩川が見えた。五月の新緑に雨が煙り、湿った土の匂いがあたりに漂っていた。

「あのね」と静江が前を向いたまま言った。静江にしては珍しく、舌ったらずの甘えたような口調だった。「少し時間をいただきたいの」

膝《ひざ》に載せたボストンバッグのファスナーが少し開いていた。弓川はファスナーを締め直しながら、静江を見た。「何だって？」

「少し時間をいただきたい、って言ったんです。考え直してみたいんです。私たちのこと」

そう言うと、静江は小首を傾げ、何が可笑しいのか、くすくす笑いながら、膝の上の、萌葱色の風呂敷に包まれた鳥籠を撫でまわした。「理由は聞かないでください。自分でもよくわからないから」

何か言わねばならない、何でもいい、何か言って、今すぐこの馬鹿げたセリフを撤回させなければならない……そう思い、弓川が口を開きかけた途端、轟音《ごうおん》と共に電車がホームにすべりこんで来た。

静江は眩《まぶ》しそうな目をして電車を一瞥《いちべつ》し、「空いてるわ。座れそうね」と誰にともなくつぶやくと、鳥籠を手にベンチから立ち上がった。

タブー

阿佐子22歳

一九八三年。秋の彼岸が過ぎたばかりの頃だった。

応対に出て来た木暮《こぐれ》家のお手伝いの娘は、白いソックスで廊下をすべるように歩きながら、沢田《さわだ》を小さな洋間に案内した。

出窓に下がるレースのカーテン越しに、鬱金《うこん》色に輝く西日が射しこんでいる部屋だった。中は汗ばむほど暖かく、空気が淀《よど》んでいるような感じがした。

沢田は革張りのソファーに腰をおろした。もともと主《あるじ》の書斎に使われていた部屋らしい。一隅には古めかしい黒のライティングデスクや、数冊の医学書や医学事典が並ぶ書棚が置き去りにされていて、斜めに射し込む光の中、そこだけが重たい影のように沈んで見えた。

汚い家ではなかった。それどころか、数奇屋《すきや》ふうにどっしりと建てられた家は、どこもかしこも馥郁《ふくいく》たる檜《ひのき》の香りに包まれていた。そこに使われている調度品の数々、家具から小さな敷物の一つ一つに至るまで、申し分のない気配りのもとに選ばれたものばかりであった。

だが、沢田は敏感に感じ取った。その家には何かささくれ立ったような、それでいてねばねばと絡《から》み合っているような……例《たと》えて言えば、女のつける白粉《おしろい》の匂いと病院の消毒液の匂いとを同時に嗅《か》がされた時のような、ひどく居心地の悪い空気がたちこめていた。

それは、不幸の匂いだった。

不幸な家庭を訪れると、決まってこういう匂いがする、と沢田は思った。

十八になる一人娘の真美子《まみこ》の様子がおかしい、と忠告してくれたのは、長年、パートの家政婦として通って来てくれているたつ子だった。

「確かめたわけじゃないんで、はっきりしたことはわからないんですけどもね」とたつ子は抜け目なさそうに、鳩《はと》のように小さな丸い目でちらりと沢田を見上げた。「真美ちゃんが、こないだ、駅前の産婦人科の前を行ったり来たり、中を覗《のぞ》き込んだりしてうろうろしてるのを見たんですよ。ほら、沢田さんもご存じでしょ。路地裏にある大石産婦人科ですよ。他にもね、いくつか思い当たることもあるんですの。真美ちゃん、なんだかこのごろ、お食事がすすみませんのよ。昨日でしたかしら、おトイレでげえげえ、やってたようですし。余計な告げ口はしない主義ですけども、これぱっかりはねえ。沢田さんに教えとかなきゃ、って思いましてねえ」

たつ子は沢田や真美子のことを「旦那さま」「お嬢さま」と呼んだことがない。「沢田さん」「真美ちゃん」と呼ぶ。どうでもいいことだと思いつつ、時々、それが沢田の癇《かん》にさわる。

妻に死なれて七年。難しい年頃の娘を抱え、必死で仕事を続けてきた。自分の留守中、家の中のことを任せきりにしているたつ子には、破格の給料を支払ってきたつもりでいる。なのにたつ子は、いつもどこか必要以上になれなれしかった。何を考えているのかわからない底意地の悪さも感じられた。

だが、たつ子が嘘《うそ》を言っているようには見えなかった。何か特別な恨みでもない限り、わざわざそんな嘘をつく人間はいないだろう。たつ子の言う通りなのかもしれない、と思い、沢田は背筋が冷たくなるのを覚えた。

真美子に男友達ができたことは、数ヵ月前から気づいていた。著《いちじる》しく外出の回数が増えたのも、その頃からだった。

時々、夜中に電話があった。彼が出ると低く澄んだ若者の声が「夜分、すみません」と言った。「真美子さん、いらっしゃいますか」

「どちらさま？」と聞くと、相手は別に悪びれた様子もなく、「コグレと申します」と答えた。

きちんとした発音の、きちんとした日本語を使う若者だった。問題のある相手ではなさそうだ、というのが第一印象だった。

もともと、娘の私生活にあれこれうるさく、口をはさむのは彼の流儀ではなかった。女親がいないので細かいところにまで目が届かず、放っておいたのが、かえって悪い結果を生んだのかもしれなかった。

それとなく真美子を観察してみた。ウェストのあたりが一回り細くなり、痩《や》せたように見えるのに、いつのまにか目のやり場に困るほど乳房が豊かになっていることに気づいた。身体の変調について、問いただすことはできなかった。どう切り出せばいいのかも、わからなかった。妻の死が、今さらながら無念だった。沢田は自分が、これから地獄を見ることになるかもしれない、と覚悟を決めた。

いけないことと知りつつ、真美子が留守の時に、真美子の部屋を物色した。机の引出しの中から、意味ありげに赤いリボンで束ねてある手紙が数通見つかった。差し出し人は「木暮正実《まさみ》」。詩とも散文ともつかない、気取った文章で書かれた手紙だった。

内容からは娘との関係がどの程度、進んでいるのか、推測できなかったが、少なくとも誤字や脱字は一ヵ所もなかった。おまけに文章は驚くほど達者だった。そのことが沢田をほっとさせ、同時にわけもなく苛立《いらだ》たせた。

妻に死なれる少し前に、上司と喧嘩《けんか》をし、それまで勤めていた広告代理店を辞めて、沢田企画という小さな企画会社を設立した。ちょっとした商業文の翻訳、校正、小冊子の編集、デザインからイベント企画まで何でも請け負う。フットワークも軽かったから、人物調査は得意だった。

木暮正実という少年が、真美子と同じ十八歳で、二子《ふたこ》玉川園《たまがわえん》にある木暮病院の院長の後妻の連れ子であることは、すぐにわかった。都内でも一、二を争う名門私立高校に通う三年生で、学校内での成績はわからなかったが、とりあえず非行歴はなさそうだった。

真美子を他のどの家庭の娘にも負けない、温室育ちの令嬢に育てあげることだけが、妻を亡くしてからの沢田の夢だった。だからこそ、中学から女子大までそろっている、私立のエスカレーター式女子校に押し込んだ。

薄汚いものは一切、真美子の目に触れさせたくなかった。生きていくということが、汚れとの戦いであることを教えたくはなかった。汚れは、父親である自分だけが受けて立てばいいのだった。

自分は汚い仕事をしている、と彼はいつも思っていた。人のふんどしで相撲《すもう》をとるような仕事だった。あるいは、それ以下だった。愚かで汚れきった、世俗の垢《あか》にまみれた、あってもなくてもいい馬鹿げた、つまらない、虚飾だらけの仕事ばかりを引き受け、低俗な味つけをして金をもらう。自分で始めた仕事とはいえ、沢田はオフィスのドアを開けた途端、自分の臓物が腐っていく臭いを嗅いだような気持ちになるのだった。

仕事を終えて家に帰ると、近所迷惑にならないよう、ヘッドホンをつけて大音量でクラシック音楽を聴いた。澄んだヴァイオリンの音や華麗なピアノの旋律、カウンターテナーやソプラノ歌手が歌い上げるアリアなどを耳にしていると、身体中にまとわりついた穢《けが》れや悪臭が消えていくのがわかった。

真美子のためなら、なんでもやるつもりだった。汚い仕事、汚い金もうけ、汚い人づきあい……。だが、真美子の前では汚れを落としていたかった。それほど大切にしてきた娘だった。その無垢《むく》な身体を平然と汚し、傷つけ、妊娠させたかもしれない男がいる、と思うと、沢田の腸《はらわた》は煮えくりかえった。どれほど成績優秀でも、誤字脱字のない洒落《しゃれ》た手紙が書けたとしても、娘に手を触れた男がこの世にいると思っただけで、殺しても殺し足りない気持ちにかられるのだった。

木暮病院に電話をしたが、院長は不在だった。前日から仕事のため夫婦でヨーロッパに出かけ、帰国予定は十月十日だということだった。それまでのんびり待っているわけにはいかなかった。

木暮の家に電話をかけた。直接、正実と会って話をつけるつもりだった。

だが、電話口に出てきたのは、正実の姉と名乗る若い女だった。木暮院長の実の娘である。正実とは戸籍上、姉弟になるが、血のつながりはない。

「親同士で話し合うべき問題が持ち上がりましてね。しかし、そちらのご両親はご旅行中らしいですし、致し方ありません。今すぐ、正実君本人に会って、話がしたい。あまり時間の余裕がないんでね」

「正実が何か、ご迷惑でもおかけしましたか」

ご迷惑？　と聞き返し、沢田は野卑な笑い声をあげてみせた。怒りに頭皮の毛孔《けあな》がいっぺんに開いたような気になり、抑制が利かなくなった。「こいつは驚いた。お宅では、未成年の娘を孕《はら》ませることを〝ご迷惑〟と言うんですかね」

受話器の奥が急に静かになった。沢田は大きく息を吸い、「もしもし?」と言った。

正実と姉とは四つ違い。姉の名は阿佐子《あさこ》。年は確か、二十二だった。沢田の年齢から見れば、まだ小便くさい小娘である。そんな小娘相手に、品のないおどし文句のようなセリフを吐いた自分が急にいやになった。

「すみません」彼は吐く息の中であやまった。「気が動転してるもんで……失礼なことを言った。あやまります」

「今すぐお会いしませんか」阿佐子は言った。切羽詰《せっぱつ》まったような言い方だった。「私のほうから伺います。どこに行けばいいですか。どこにでも行きます。教えてください」

弟の言動に何か思いあたるふしがあったのかもしれない、と沢田は思った。彼は、それには及ばない、自分が木暮家に出向いて正実君と会うつもりでいる、と伝え、電話を切り、そして二子玉川園にある木暮家にやって来たのだった。

……部屋のドアにノックの音があった。ドアがゆっくりと開いた。蝶番《ちょうつがい》が軋《きし》んだ。思いつめたような表情の、若い女が現れた。

「正実の姉で、阿佐子と申します」女は立ったまま、ぎこちないお辞儀をした。

沢田は、思春期にたびたび経験した、あの覚えのある滑稽《こっけい》な音……美しい女、魅力的な女を前にして、男が思わず喉《のど》を鳴らして息をのみこむ時の、あの懐かしい音を耳にした。

阿佐子の後ろから、さっき部屋まで案内してくれたお手伝いの娘が入って来た。お手伝いは、てきぱきとセンターテーブルの上に紅茶を置くと、沢田に向かって一礼し、出て行った。

阿佐子は、沢田のはす向かいの肘掛《ひじか》け椅子《いす》に浅く腰を下ろした。すがるような眼差《まなざ》しが沢田をとらえた。

沢田は咳払《せきばら》いをし、名刺を差し出した。阿佐子は泣きそうな顔で名刺を一瞥《いちべつ》すると、再び沢田を見つめ、深く息を吸った。

沢田は自分がここにいるいきさつについて、話し始めた。自分の声が、他人の声のように聞こえた。他人が喋《しゃべ》っている話をうわの空で聞いている時のように、自分が何を話しているのか、わからなくなった。喋りながら沢田は、目の前にいる阿佐子という女だけを見ていた。

レモンイエローの丸首Tシャツに、デニム地のミニスカート。女子大生が、夏の合宿所でくつろいでいる時のような恰好《かっこう》だった。手首には金色の細いブレスレットが揺れていたが、どう見ても金メッキの安物だった。肩まで伸ばした髪の毛はつややかだったが、まめに美容院に通っている様子はなかった。髪の毛が伸びてきて、いよいよ顔のまわりがうっとうしくなると、ぞんざいに黒いゴムか何かを使って首の後ろで結《ゆ》わえてしまう……そんな無造作《むぞうさ》な仕草が連想されるような髪形だった。

いずれにせよ、どこにでもいそうな、ありふれた恰好をした娘がそこに座っているだけのことだった。なのに何故《なぜ》、と彼は思い、もう一度、喉を鳴らして唾液を飲みこんだ。何故、自分はこれほど息苦しい思いにかられるのだろう。

「もうすぐ正実が戻って来ます」話をあらかた聞き終えた阿佐子は、消え入るようなか細い声でそう言った。「本人に聞けば、何かの間違いだって、わかるはずです」

この娘の肌は蜂蜜《はちみつ》色をしている、と沢田は思った。蜂蜜色の腕、蜂蜜色の頰、蜂蜜色の足……それは本当に、広口瓶にぎりぎりいっぱい詰められた、淡い琥珀《こはく》色をした蜂蜜そのものだった。思わず人さし指を差し込んで、たっぷりと指に絡《から》め取り、舐《な》めてしまいたくなるような……。

「ガールフレンドが大勢いるんです、弟には」阿佐子は言った。「もてるんです。きっと真美子さんもガールフレンドの中の一人だったんだと思います。ですから……」

沢田は遮《さえぎ》った。「だからといって、不純な交際をしなかったとは言いきれないでしょう」

「不純？」阿佐子は肩にかかった髪の毛をうるさそうに片手で払いのけながら、怪訝《けげん》な顔をして聞いた。

「僕らの世代はね、未成年なのに異性と深い関係になると、大人たちからそう言われたんですよ。不純異性交遊、ってね。あなたみたいな今の若い人にはぴんとこない言葉だろうけど」

沢田は笑ってみせたが、阿佐子は笑わなかった。「純粋な交際だったら別ですけど、正実がそういう交際をしているはずはありません。絶対に」

「気を悪くしないでほしい」沢田は低い声で言った。「何も責めに来たわけじゃないんだ。責任をとってもらおう、とか、そういう意味で来たわけでもない。父親として事実を知りたかった。それだけです」

「お嬢さんは……その、真美子さんて方は何て言ってるんですか」

「娘には何も聞いてない」

「どうして？」

問い返す時の阿佐子はひときわ美しかった。わずかに小首を傾《かし》げる様は、飼い主に愛されて育った美しい小動物のあどけなさを思わせた。

沢田はいとおしさのあまり、胸を熱くしながら微笑《ほほえ》んだ。「あなたももう少したって、子供ができればわかりますよ。その子が大きくなって、何か問題を起こした時、あなたは多分、日常会話の中で何も聞けなくなるはずだ。こんなふうに質問しよう、あんなふうに聞いてみよう、と思いながら、結局、何も聞けずに終わる」

「そうかしら」

「怖いんですよ。聞くのが怖い。愛する恋人や夫や妻が、自分の知らない人格を持っているかもしれない、って考えたら、誰でも怖くなるはずでしょう。それと同じだ。愛する娘や息子が、自分の知らないところでやっていることを包み隠さず知りたがる親は、まずいない。

知りたがっているふりをすることはできても、ね」

阿佐子はアーモンド形をした美しい目を見開き、しばし何か考えるようにしていたが、やがてぽっちりとふくらんだ唇をわずかに開くと、「そうね」と言った。そして軽くうなずいた。「そうかもしれません」

沢田はティーカップを手に取った。冷めきってしまった紅茶を一口飲んでから、カップをソーサーに戻し、さりげなさを装って聞いた。「大学生？」

阿佐子はうなずいた。「来年、卒業ですけど」

「何かクラブ活動は？」

「映画研究会ってところに入ってます」

「映画の何を研究するの？」

いろいろ、と阿佐子は伏目《ふしめ》がちに言った。「人によります。映画を観《み》るだけの人もいれば、映画論みたいなものを発表したりする人もいて」

「で、きみは？」

「は？」

「きみの研究テーマは何？」

阿佐子は顔を上げ、重たげな瞬《まばた》きをしてから、静かに首を横に振った。「テーマなんてありません。その時の気分で、観たい映画を選んで観てるだけですから」

少し警戒心を解いたのか、阿佐子はうちとけた証《あかし》のように沢田に向かって和《やわ》らいだ表情を見せ、椅子の背にもたれて、斜めにそろえた足を伸ばした。

見事に均整のとれた身体の線が際立《きわだ》った。成熟と未成熟、華奢《きゃしゃ》と豊満、あどけなさと俗悪とが、相半ばしてせめぎ合っているような身体つきだったが、その奥の奥に、うつろとも言える冷えきった何かがあるようにも感じられた。

沢田はむしろ、そのうつろな部分に強く惹《ひ》かれた。それは見る者を否応《いやおう》なく誘いこむような、どこか煽情的な感じのするうつろさだった。

正実が帰って来たのは、それから三十分ほどたってからだった。一旦、部屋から走り出て行った阿佐子は、十分ほどすると戻って来た。先ほどとは打って変わった、晴れ晴れとした顔つきだった。

「弟をご紹介します」と阿佐子は言い、舞台の上にスターを呼び出そうとしている司会者のような手つきで戸口のほうを指し示した。

折りしも、部屋に入って来ようとしていた正実が戸口のところで立ち止まった。栗色の髪の毛が一房、形のいい額に垂れ、理知的な澄んだ目は、まるで鏡のように、見たものすべてを正確無比に映し出すに違いない、と思われた。いずれにせよ、そこに立っていたのは、すれ違う同年代の少女たちを振り向かせずにはいないであろう、際立って美しい若者だった。

「木暮です」と彼は、覚えのある透明な低い声で言い、ぺこりと頭を下げた。「はじめまして」

　自分の家にこの若者がやって来て、真美子の隣でこんなふうに挨拶《あいさつ》をしてきたら、自分はどうしていただろう、と沢田は思った。無視したか。その場で追い返したか。あるいは玄関先に置いてあるゴルフクラブで殴りつけたか。

「今、姉から聞きました」正実は立ったまま、正面から沢田を見据えて言った。「真美子さんのことはまったくの誤解です。僕がいくら言っても信じないかもしれませんが、本当なんだから仕方ありません。僕は真美子さんとそういう関係になったことは一度もないんですから」

「本当だね？」

　正実は人を小馬鹿にするような笑みを浮かべた。「こんなことを言っていいのかどうか。真美子さんは僕の女友達の一人にすぎません。恋人ではないんです」

「じゃあ、きみには真美子の他に深くつきあっている人がいるというわけか。真美子はそういう対象ではないというわけか」

　わずかの沈黙の後、正実は曖昧《あいまい》にうなずき、「それとこれとは別の問題だと思いますが」と言った。

　そうか、と沢田は言った。「きみの言う通りだな」

　急に煙草《たばこ》が吸いたくなった。ジャケットの内ポケットから煙草を取り出し、安物のライターで火をつけた。深く吸い込み、鼻から吐き出した。美しい姉と弟は、仲むつまじそうに並んだまま、落ちつきはらった目でそんな沢田を見下ろしていた。

「真美子さんは妊娠なんかしてませんよ」正実は言った。喉の奥で笑いをこらえてでもいるような、くぐもった言い方だった。「保証します」

「どうしてきみが保証できる」

正実はつと、傍らの阿佐子を見つめ、透明な水を思わせる、澄んだ冷たい微笑みを浮かべてみせた。「僕には真美子さん以外にも女友達がいますが、真美子さんには僕だけですから。真美子さんのことなら、僕は多分、お父さんよりもよく知ってる。だから保証できるんです」

なるほどね、と沢田は言った。そして、煙草を灰皿でもみ消し、立ち上がった。

この場から、一刻も早く、立ち去りたかった。羞恥心《しゅうちしん》と自己嫌悪、疎外感、様々な不快な感情がもつれ合っていた。その感情の奥底に、信じられないことに嫉妬心《しっとしん》が渦巻いているのを知り、彼は愕然《がくぜん》とした。

娘の真美子と目の前の若造に対する嫉妬心ではなかった。それは阿佐子と正実に対する嫉妬心だった。

この姉弟は通じ合っているのではないか……ふとそんなことを考えた。

「不愉快な話を聞かせて悪かった」彼は笑顔を作った。「娘を案じるあまり、愚かな妄想を働かせたようだ。笑ってください。それじゃ僕はこれで」

外に出ると、すでにあたりは薄暗くなっていた。玄関前の叢《くさむら》でしきりと虫が鳴いていた。どこからか金木犀《きんもくせい》の香りが漂ってきて、その甘く澄んだ香りは、沢田の中にくすぶり続けていた苛立ちを刺激した。一瞬、漠とした欲望が烈《はげ》しく彼の中で渦を巻き、はけ口を見失って消えていった。

阿佐子が見送りに出て来た。灯《とも》されたばかりの門灯の中で見る阿佐子は、その蜂蜜色の肌をきらめかせ、いっそう妖艶に、危なげに見えた。

せめて、あなたに会えてよかった……馬鹿げたことに、そう言いそうになるのをこらえながら沢田が会釈をした時だった。玄関の奥に正実のシルエットが見えた。

阿佐子はつと後ろを振り向いた。振り向いたその細いうなじの線に、形のいい胸のふくらみに、剝《む》き出《だ》しの腕に足に、そのすべてに、もやもやとした、とらえどころのない官能の気配が満ちあふれ、閃光のような輝きを放ったのを沢田は感じ取った。

「それじゃ、いずれまた」と沢田は言った。阿佐子は再び沢田に視線を戻した。

「よかったら、うちのほうにも遊びにいらっしゃい。真美子と一緒に歓迎します」

阿佐子はそれには応えず、「ご心配をおかけしてすみませんでした」と大人びた挨拶をすると、沢田に向かって深々と頭を下げた。

その日の夜、一緒に食事を取りながら、沢田は真美子に、正実の家を訪ねたことを打ち明けた。訪問の理由を明かすと、真美子は驚き、呆れ、大きく椅子にのけぞるようにして笑い、笑いはやがて怒りに変わり、最後には顔を真っ赤にして泣き出した。

大石産婦人科の前をうろついていたのは、生後二ヵ月ほどの子猫が産婦人科の前の植え込みにもぐりこんでいったのを見たからであり、食事がすすまないのはダイエットをしているからであり、ましてトイレでげえげえやっていたなんて、たつ子さんの勘違いに過ぎない、よりによってそんな恥ずかしい話を木暮君に聞かせるなんて……というような意味のことを真美子はわめきちらし、テーブルに突っ伏して号泣《ごうきゅう》した。

木暮正実とは、学校の行き帰りの電車が同じで、駅のホームで声をかけられて以来のつきあいのようだった。話の様子からすると、夢中になっているのは真美子のほうで、正実が友達づきあいの一線を超えようとする気配はまるでなく、むしろ真美子はそのことを寂しくさえ思っているようだった。

沢田が、真美子と正実、そして阿佐子に食事を御馳走《ごちそう》してやろう、と計画をたてたのは、自分の愚かな早とちりを本心から詫びたいと思ったからだが、理由は他にもあった。もう一度、阿佐子に会うための口実として、それ以上ふさわしいものは考えられなかったのである。

十月に入ってまもなくの土曜日、沢田は渋谷にある高級イタリアンレストランのテーブルを予約し、娘たちを招待した。早めに食事を始めて早めに帰すつもりだった。彼のオフィスはそのレストランから歩いても二、三分。月末までに片づかなかった仕事が山のように残されており、食事を終えたら、彼はまたオフィスに戻り、仕事をしなければならなかった。

家を出る際、沢田は真美子からカメラを持って行ってほしいと頼まれた。正実と一緒に撮影した写真が一枚もないから、と言う。

何度もデートを重ねていたように見えたが、実際、真美子が正実と会ったのは数えるほどで、ましてカメラ片手に仲良く遠出したこともない様子だった。娘に対する罪ほろぼしなら、何でもしてやりたい、という気分になっていた沢田は、言われるままにカメラを用意し、途中、駅の売店で二十四枚撮《ど》りフィルムを二本、買いそろえた。

約束していた午後五時半きっかりに、沢田が真美子を連れて店に入って行くと、すでに阿佐子と正実は来ていて、入口ロビーで彼らを迎えた。

真美子と阿佐子は、会うのは初めてだった。阿佐子は年上らしく真美子に向かって優雅に微笑みながら、「よろしく」と言った。

阿佐子は淡い豹柄《ひょうがら》の薄手のセーターに揃《そろ》いのカーディガンを着て、黒のスカートに合わせた黒いネッカチーフを首にリボンのようにあしらっていた。顔には薄く化粧がほどこされ、長い前髪を耳の上で無造作に軽く束ねて、何かきらきら光るピンで留めており、懸命に背伸びをして大人びた装いをこらした様子がありありと窺《うかが》われた。

とはいえ、阿佐子は愛らしかった。何か謎めいた感じのする微笑みを浮かべてみせているのは相変わらずだったが、時折、瞳にいたずらっぽい光が宿ることもあり、そんな目で見つめられると、沢田は息苦しく、胸が詰まりそうになった。

「得しちゃったわね」席につくなり、真美子が正実に笑いかけた。「これも、うちのパパの妄想のおかげよ」

正実はわざとらしく背筋を伸ばして席に座り直すと、沢田に向かって軽く頭を下げ、「誤解がとけて嬉しいです」と言った。

その少年らしい乾いた口調、緊張や照れをおくびにも出さず、無表情を装うことのできる図々《ずうずう》しさ、研《と》ぎ澄《す》まされた針のような冷やかなまなざし、そして何よりも、隣に座っている阿佐子に負けず劣らずの美貌……そのすべてが沢田の癇にさわった。

「堅苦しい挨拶は抜きにしよう」沢田は言った。「お詫びのつもりの食事なんだし、もちろん全部、僕の奢《おご》りだよ。どんどん好きなものを注文しなさい」

白いクロスのかかったテーブルは、四人掛けの長方形だった。阿佐子と正実が並んで座り、阿佐子の正面が沢田、正実の正面が真美子だった。

食事が始まると、まもなく真美子が少女めいた賑《にぎ》やかさを発揮し始め、正実相手に冗談を言ったり、沢田の知らない友達の噂話をしたり、何が可笑《おか》しいのか、ひとりでくすくす笑っていたりしたが、会話はあまり長く続かなかった。

何度目かの沈黙が流れた時、真美子は軽く咳払いをすると、「ね、パパ」と言った。「木暮君のお姉さんって、すごい美人だと思わない？」

うん、と沢田はうなずき、微笑んだ。儀礼的な、社交的な笑みを演出したつもりだったのだが、うまくいかなかった。

阿佐子の視線を感じた。娘の見ている前で、阿佐子と視線を絡み合わせる勇気はなかった。

「誰に似てると思いますか」それまであまり自分から話題を提供しなかった正実が、皿の中の素揚《すあ》げされたプチトマトをフォークの先で転がしながら、ちらと沢田を見た。

「誰って？」

「例えば女優とか。姉はいつも、誰かに似てるって言われますから」

「まわりに映画に詳しい人がたくさんいるからよ」阿佐子は正実に反論するかのようにそう言い、目を伏せて白ワインの入ったグラスを口に運んだ。

「これまでどんな人に似てるって言われた？」沢田は阿佐子に向かって聞いた。

答えたのは阿佐子ではなく、正実だった。

「マリリン・モンロー、エリザベス・テーラーの若い頃、ミレーヌ・ドモンジョ、ジョアンナ・シムカス……」

「なんだそれは」沢田は軽蔑をこめて笑った。「共通点がひとつもない。有名な美人女優だったら誰にでも似てるってことかもしれないけど、想像力がなさすぎるな。エリザベス・テーラーだなんて、確かに美人だけど、僕に言わせれば何の魅力もない。阿佐子さんを譬《たと》えるとしたら、僕ならスー・リオンって答えるけどね」

「誰？　その人」真美子がトマトソースで汚れた口をナフキンで拭きながら聞いた。

スー・リオンというのは、ナボコフの高名な小説『ロリータ』をスタンリー・キューブリック監督が映画化した際、主役に抜擢された少女だった。そのことを教えてやりながら、沢田はふと、自分がいかに馬鹿げたことを口走っているか、気づいた。

『ロリータ』は愛欲小説だった。中年男が年端《としは》もいかない少女に溺《おぼ》れ、のめりこみ、破滅していく話だった。映画ではさすがにそうしたシーンは描かれていなかったものの、学生のころ映画館で観て、沢田は興奮を覚えたものだった。

その時は、まさか似たような状況に陥るとは夢にも思わなかった。少女ロリータを阿佐子に置き換えてみれば、今の自分とそっくり同じだった。そうと知りながら、そのことをわざわざ、真美子の前で口にしてしまうとは恥ずべきことであった。

だが幸い、真美子はもちろんのこと、正実も阿佐子もナボコフの小説など読んだことがない様子だった。真美子にいたっては、ナボコフという作家の名も初めて聞いた、と言う始末で、結局、その話は宙に浮いたままで終わった。

気まずいとまでは言えないにしても、話の接《つ》ぎ穂《ほ》を探すのに苦労させられる食事だった。

デザートのアイスクリームを食べ終えると、沢田はほっとして腕時計を覗いた。まだ八時前だった。彼は会計を済ませ、これからオフィスに行く、と言って席を立ちながら真美子に向かって言った。「じゃ、気をつけて帰りなさい」

「ご心配なく。僕が送ります」正実が、テーブルの上にまっすぐ両腕を伸ばしたまま言った。

ナチの家族に飼われている、高貴で狡賢《ずるがしこ》い犬みたいだ、と沢田は思った。モーツアルトを聴きながらシルクのクッションに囲まれてうたた寝をし、たった今、ガス室のボタンを押してきたばかりの飼い主に頭を撫《な》でられて、無邪気に尾を振ってみせる犬……。その実、自分の家の外側で今、何が行われているか、すべて知り尽くしている犬……。

阿佐子が立ち上がって、「ごちそうさまでした」と言った。「とってもおいしかった。あんまりおいしくて、ワイン、たくさん飲んじゃいましたけど」

「酔ったかな？」

「少し」

阿佐子の目の縁は赤くなっていた。重たげな瞬きと共に、揺れる視線が意味ありげに沢田をとらえた。

家まで送りましょう、という言葉が喉まで出かかったが、やっとの思いでこらえた。阿佐子を送って行くくらいなら、実の娘である真美子を送って行くべきだった。

外では小雨が降り始めていた。周囲のビルの色とりどりのネオンが煌《きらめ》いている中、四人は舗道に佇《たたず》んで儀礼的に顔を見合わせた。

「僕のオフィスは方向が逆だからここで失礼するが、真美子をよろしく頼むよ」沢田は正実に向かって言った。

「わかりました」正実はうなずいた。高貴な犬だ、とまたしても沢田は思った。

真美子が「あ、パパ。忘れてるじゃない」と大声をあげたのはその時だった。「写真よ、写真。いやんなっちゃう。さっき、お店で撮ってもらえばよかった。雨になっちゃったわ。早く早く、ここで撮ってよ」

正実と一緒の写真を撮ってほしい、と言われていたことを思い出した。沢田は内心、舌打ちしたいような気持ちにかられたが、顔には出さず、いつも持ち歩いている小型のブリーフケースからカメラを取り出し、フィルムをセットした。

「そうだっけ。真美ちゃんと一緒に写真を撮ったこと、なかったっけ」正実が娘に聞いている。一度もないわよ、と娘が笑って答えている。

「私がシャッター押しましょうか」阿佐子が沢田に近づいて来た。「真美ちゃんと並んでください。私が撮ります」

いや、いい、と彼は微笑んだ。阿佐子は何かを強く訴えかけるような目をして彼を見た。たじろぐほどの真っ直ぐな視線だった。

真美子と正実が並び、若者らしく舗道の並木に寄りかかってポーズを取った。雨滴がぽつぽつと沢田の頬にあたった。カメラのレンズが濡れないよう注意して十枚ほど撮ってやってから、沢田は最後に「並びなさい」と阿佐子に言った。「弟さんの隣に並びなさい。二人で並んでるところを撮ってあげよう」

悪魔が悪魔に向かって喋っている、と彼は思った。一番したくないことを自分はわざとしようとしている、と。

阿佐子は何か言いたげにじっと彼を見たが、やがて小さくうなずくと正実の隣に立った。行き交う人の波が途絶えるのを待ちながら、沢田はファインダーを覗き続けた。笑いさざめきながら通り過ぎる人々が、阿佐子と正実の姿を切れ切れに分断した。近すぎず遠すぎない距離を保って立っている二人は、まっすぐに前を向き、びくとも動かず、ひどく生真面目《きまじめ》な表情を保ちながら沢田のほうを見ていた。

沢田はシャッターを押した。何度も何度も。フラッシュがたて続けに鋭い閃光を放った。二人の姿はそのたびに、くっきりと光の中に浮き上がった。あまりに鮮明に浮き上がるので、炸裂して粉々になるのではないか、とさえ思われた。

写真を撮り終え、もうそれ以上、何もすることがなくなると、四人は改めて別れを告げ合った。

真美子と阿佐子は、正実を真ん中にはさむようにして踵《きびす》を返し、駅に向かって歩き始めた。その直後、正実の手が、一瞬、真美子ではない、阿佐子の腰のあたりに触れ、なだめるようにして軽く自分のほうに引き寄せたのを沢田は見逃さなかった。

それは紳士的な気分にかられた男が、束の間、傍にいる女の腰に手を触れる時の、さりげない仕草ではなかった。これまでに何度も何度も、同じ触れ方をし合ってきた男女の、秘密めいた親密さが感じられる仕草だった。

こみ上げてくる、まとまりのつかない怒りがあった。どうしても女の身体に触りたいのなら、今、この場で、俺の目の前で真美子に触れ、と沢田は反吐《へど》が出るような思いでつぶやいた。父親として殴りかかっていくかもしれないが、それでもいい。触りたければ触ればいい。だが、と沢田は思う。阿佐子には触れてはならない、と。それこそが禁忌というものだ、と。

雨足が少し強くなったようだった。三人の姿はゆるい勾配のある舗道の彼方に消え、人ごみに紛《まぎ》れて、早くも見えなくなっていた。

その日、深夜零時を回った頃、オフィスの電話が鳴った。

沢田が時々、仕事をまわしている、フリーライターの若い男からの電話だった。沢田企画が編集業務を任されている大手生命保険会社のPR誌で、インタビューの約束を取りつけることのできた中堅女優が、風邪《かぜ》をひいたことを理由に、突然、約束をキャンセルしてきたのだという。

ちっ、と沢田は舌を鳴らした。「入院したわけじゃあるまいし。風邪くらい何とかしてもらえばいいだろう」

「ええ、でも、熱があると化粧の乗りが悪いとか言われて……」

「そんなこと、こっちの知ったことか」

「そりゃそうですが……」

「撮影は熱が下がってからでもいいんだよ。ともかくインタビューだけは早急に必要なんだ。明後日がぎりぎりの締切りなんだよ。これ以上、一日だって待てないんだよ」

「でもねえ、沢田さんから何とか言ってもらえませんかね。僕だとどうも……。あのマネージャー、高飛車でやりにくくって……」

「彼女にインタビューしたい、って言い出したのはきみなんだよ。コネがあるから何とでもなるって言ってたじゃないか」

「ギャラの問題があるのかもしれません。風邪をひいたっていうのは嘘で……」

「どういう意味だ」

「さっき、ちらっと厭味《いやみ》ったらしく言われたんですよ。ギャラがどうのこうのって。そうなったら、僕じゃなくて沢田さんが話をしたほうが……」

「馬鹿野郎！　甘えんな」

仕事の進みの悪さも手伝って、むしょうに苛々していた。沢田が大声でそう怒鳴り、電話を叩《たた》き切った時だった。オフィスのドアに小さくノックの音が響いたように思った。

夜中に一人でオフィスにいる時は、天井の蛍光灯を使わずに、デスクの明かりだけで仕事をすることにしている。閉じたブラインドの向こうで、街のネオンが瞬いているのが見える。デスクの上の黄色い光の中、吸いさしの煙草が、山のような吸殻の上でゆらゆらと煙を上げている。

もう一度、ノックの音がした。沢田は眉間《みけん》に皺《しわ》を寄せて煙草を消しながら、「誰？」と声を上げた。

女の声がした。何と言ったのかは聞き取れなかった。

そんな時間に、約束もなくオフィスを訪れて来る人は稀《まれ》だった。沢田は椅子から立ち上がり、つかつかとドアの前まで行って、乱暴にドアを開け放った。

うすぼんやりとした廊下の光を背に、阿佐子が立っていた。全身、雨でぐっしょりと濡れ、着ているカーディガンの肩のあたりに、丸々とした水滴が幾つも転がっているのが見えた。

阿佐子は、雨に濡れた顔を今にも泣き出しそうに歪《ゆが》めながら、おずおずと沢田を見上げて微笑んだ。

「なんとなく帰りたくなくなって」と阿佐子は言った。少し声が嗄《しわが》れていた。「あれから一人で映画を観に行ったんです」

「びしょ濡れじゃないか」

そう言いながら、沢田は阿佐子の頬が濡れているのは雨のせいばかりではないことに気づいた。「入りなさい、と彼は言った。「コーヒーでもいれてあげよう」

いただいた名刺の住所を頼りに、ぶらぶら歩いていたら着いちゃった、と阿佐子はふいに、少女じみた甘えた口調で言った。言ったのはそれだけで、何故、沢田に会いに来たのか、その理由は口にしなかった。

インスタントコーヒーをいれ、部屋の片隅にある応接コーナーに阿佐子を座らせた。乾いたタオルを与え、身体を拭きなさい、と言った。

阿佐子は言われるままに、顔や首、濡れそぼった足首などを拭いていたが、首に巻かれた黒いネッカチーフをうっとうしそうにはずすと、それを床に放り投げた。そして怒ったようにぞんざいに彼にタオルを手渡し、背中を向けた。「拭いてください」

心臓が波うつような気がした。沢田は一瞬、どうすべきか、と迷った。どこを拭けと言われたのか、わからなかった。ソファーに浅く座ったまま、阿佐子は身体をねじって後ろを見せ、こころもち前かがみになりながらじっとしていた。

形ばかり背中と肩についた水滴を拭ってやると、沢田は「さあ」と言った。「コーヒーを飲んで。さめないうちに。風邪をひくよ」

ふいに阿佐子が沢田のほうに向き直った。大きな黒い瞳がぎらついた光を放った。

「怖いの」と阿佐子は言った。「私、家に帰るのが怖い」

「どうして」

阿佐子は首を烈しく横に振ると、沢田の足元に膝をついて懇願するように彼を見上げた。

「お願い。今夜、私と一緒にいてください。どこでもいい。どこにでも行きます。一緒にいて」

沢田は大きく息を吸った。そうしなければ、自分を抑えることができなくなりそうだった。

「説明してくれないかな。いったい何が怖いの」

阿佐子はそれには答えなかった。彼女は黙って沢田の両膝に手を載せ、力を入れて半身を起こすと、そのまま彼の胸の中に飛び込んできた。

性的な匂いはしなかった。見聞きしてきた恋物語を無邪気に模倣しようとする時の、どこか作りものめいた、遊戯のようなわざとらしさが感じられる動作だった。

おいおい、と沢田は低い声で言った。笑ってみせるつもりだったのだが、雨で湿った柔らかな生暖かい阿佐子の身体が、彼の笑いを遮った。喉の奥で喘《あえ》ぎ声がもれそうになった。欲望はふくらみ、しぼみかけ、またふくらんで、行き場を失った。

沢田は阿佐子の耳もとに唇を寄せ、軽く接吻をした。阿佐子の身体がぴくりと動いた。彼女は沢田の胸の中で向きを変え、正面から沢田をまじまじと見つめた。

間近に見る阿佐子の、その首のあたり……さっきまで濡れた黒いネッカチーフが巻きついていたあたりに、何か赤黒いものが二つ、斜めに並んだ痣《あざ》のようについているのが見えた。それは明らかに、誰かに乱暴に情熱的に、荒々しく肌を吸われた跡だった。

沢田の視線を感じたのか、阿佐子はいきなり手の平でその部分を覆い隠した。

その跡をつけたのが誰なのか、沢田にはわかっていた。わかりすぎるほどわかっていた。阿佐子は家に帰るのを恐れているのではない、溺れていきそうになる自分を恐れているだけなのだ、と彼は思った。

憤怒に身体が震えた。喉もとに呻《うめ》き声すらこみあげてきた。

だがそれは、思いがけず甘美な怒りでもあった。彼自身の中にある官能を呼びさますような怒り……感情を激しながらも、ついうっかり、罠《わな》にはまってしまいそうになる怒りだった。

彼はそっと阿佐子の手をはずすと、赤黒い小さな跡に唇をあてがった。阿佐子は身体を固くし、「いや」と呻くようにつぶやいたが、つぶやきはやがて、かすかな嗚咽《おえつ》に変わっていった。

沢田は唇を離し、もう一度、阿佐子を見た。その昔、妻と一緒に、むずかって泣きじゃくる真美子のベビーベッドに寄り添い、涙に濡れた頰にまんべんなくキスの雨を降らせた時のことが思い出された。

彼は阿佐子の頰にキスを繰り返した。そして、塩辛い涙を舌先で味わってから、「僕とは一緒にいないほうがいい」と言った。

「どうして？」

「きみを目茶苦茶にしてしまいそうなのは、僕のほうかもしれないから」

「誰と比べて言っているの？」

彼は無表情に聞き返した。「……言うまでもないだろう?」

阿佐子は一瞬、うち捨てられた子犬のような悲しげな目をして彼を見た。初めて会った時に感じた、何かうつろな冷たさのようなものが、阿佐子の表情を霧のように被《おお》っていくのがわかった。

彼女は何事もなかったかのように、つと彼から身体を離した。スカートの皺を伸ばし、床に落ちていた黒いネッカチーフを拾い上げ、大きく鼻をすすり上げながら髪の毛をかき上げた。

「タクシーで送るよ。その前に、どこかで軽く何か食べていこうか」

帰るわ、と阿佐子は言い、剝き出しになった首のつけ根の、あの赤黒い熱情の証を隠すようにしてカーディガンの前を合わせると、どこか蓮《はす》っ葉《ぱ》に見える仕草でソファーの上のショルダーバッグを肩にかけた。

奇妙な静けさの中で時間が過ぎていった。日毎夜毎、増え続けていくように思われる仕事に追われ、疲れ果てて家に戻る日が続いた。真美子ともあまり話す機会がなく、正実や阿佐子の話を聞かされずに済むのがありがたかった。

あの晩、渋谷の街中で撮影した写真は、フィルムごと真美子に渡しておいた。したがって、どんな写真ができあがったのか、阿佐子を写した写真が本人の手に渡ったのかどうか、沢田は知る由もなく、また、わざわざ確かめたいとも思わなかった。

お手伝いのたつ子には、やんわりとではあるが、しかし厳しさを含めて、想像で物事を決めつけたりしないように、と注意した。たつ子は自分が叱責《しっせき》されていることを認めようとせず、満面に屈託のない笑みを浮かべて「真美ちゃん、何事もなくてようございましたこと」と言った。

十月が過ぎ、十一月になった。急に冷えこんだ日の夜、珍しく早い時間に仕事から解放された沢田は、たつ子に命じてスキヤキの用意をさせ、真美子と二人、水いらずで夕食の鍋《なべ》を囲んだ。

エスカレーター式の学校なので、大学受験の心配もなく、真美子は日々、のんびりと、最後の高校生活を楽しんでいる様子だった。しきりと級友の噂話などをしていたが、ふと黙りこんだ真美子は手にした箸《はし》の動きを止め、「パパに教えておきたいことがあるの」と言った。

「木暮君のこと」

いやな気持ちにかられた。沢田は鍋の中の焼き上がった肉を取り出し、「どんどん食べなさい」と言って真美子の器に入れた。

ぐつぐつという鍋の音が静かな室内に響いた。真美子は軽く肩をすくめ、口をへの字に曲げながら、「信じられない」と言って沢田を見た。「木暮君はね、本当はお姉さんが好きだったの。他の女の人には全然、興味がなかったの。お姉さんだけが好きだったのよ」

へえ、と沢田は言い、ざるに盛られた野菜を手づかみで鍋に放り込んだ。「どうしてそんなことがわかったんだ」

「木暮君がはっきりそう言ったのよ。ほら、渋谷でみんなで食事したでしょ。あの後、家まで送ってもらって、途中でちょっと喫茶店に入ったの。その時、そんな話になって……」

「お姉さんに憧れてるんだろう、きっと」

「そんな子供っぽい話じゃないわ」

「どういう意味だ」

「打ち明けられたのよ、私」そう言うと、真美子は上目づかいに沢田を見た。その目つきは、たつ子が沢田に真美子の妊娠をほのめかしてみせた時の目つきとどこか似ていた。鍋の湯気で温まった室内だったが、沢田は背中のあたりをうそ寒いものが走り抜けていくのを感じた。

「誰にも言うな、って言われたんだけど……」真美子は箸の先を軽く舐め、目を宙に泳がせた。「でも、どうして私にだけ打ち明けたんだろう、って思うと、悲しくなっちゃって。だって木暮君はね、お姉さんと……」

その先を言うな、と沢田は胸の中で叫んだ。決して俺の前では口にするな。

祈りが通じたのか、真美子はそこで口を閉ざし、物思いにふける様子で黙りこむと、「最初っから、私なんか眼中になかったのよね」と言い、乾いた笑い声をあげた。「パパったら、馬鹿な想像したりして恥ずかしいでしょ。はっきりわかったでしょ。木暮君は私のことなんか、女として見てくれてなかったのよ」

「少し飲むか」沢田は自分が飲んでいたビールを真美子に差し出した。

真美子は、うん、と言い、ごくりと一口飲むと、泡にむせたのか、胸をおさえて咳こんだ。

食事を終え、後片付けをしてから、沢田は居間のステレオの前に座り、プレーヤーにレコードを載せた。マーラーの交響曲第五番嬰ハ短調。彼は第四楽章の、ハープが奏でるアダージェットの物悲しい旋律が好きだった。

旧式のステレオだった。沢田がプレーヤーのアームを持ち上げ、第四楽章に合わせて針を下ろそうとした時、真美子が部屋に入って来た。

風呂に入る前なのか、頭に白いタオル地のターバンを巻き、すでに真美子はいつも着ている部屋着代わりのガウン姿になっていた。

「ねえ、パパ。さっきいやらしい想像しなかった？」

真美子の顔は笑っているというよりは、人を小馬鹿にしているように見えた。沢田は「何だ」と問い返した。

「木暮君の話をしてた時よ」真美子は、真紅のガウンのベルトを締め直しながら、くすくす笑った。前年の真美子の誕生日に、沢田がプレゼントしてやったガウンだった。

「木暮君はね、自分とお姉さんとは血がつながってないから、本気で好きになったとしても罪はないんだ、って、そう私に言ったの。それだけよ。なのにパパったら、さっき、一瞬、別のことを想像したんじゃないかと思って」

沢田は目をそらせた。「どういう意味なのか、わからないね」

そう？　と真美子は言い、含んだような笑い声をもらしたが、口調にはかすかな刺《とげ》があった。

「パパってけっこう、いやらしい想像するじゃない。すぐに変なほうに結びつけるでしょ。だから私のことだって、あんなふうに思いこんだんだし。お願いだから、誤解しないでよね。いくらなんでも、木暮君がお姉さんと……だなんて、ああいやだ、冗談じゃない。不潔だわ」

「木暮君とお姉さんが……何なんだ」

「いやだ、パパったら」真美子は唇をとがらせた。

沢田は軽くうなずいた。そしてヘッドホンを手に、いま一度、プレーヤーのアームを下ろした。

「不幸な姉弟だ」ややあって、彼は言った。

聞こえたのか、聞こえなかったのか。真美子は「そう言えば」と話を変えた。「パパが木暮君とお姉さんを一緒に撮った写真ね、あれ、現像して木暮君に渡しておいたわ」

そうか、と沢田は言った。居間と廊下を隔てている板戸が静かに閉められた。

スリッパの音が遠のいた。

沢田はヘッドホンをつけた。典雅な旋律が現実空間を遮断し、彼は閉じた目の奥で、阿佐子の乳房、阿佐子の背、阿佐子の尻、阿佐子の足、阿佐子の身体のいたるところに点々と散らばる赤黒い、小さな蝶のように見える痣……正実の唇が残す愛撫の跡を見ていた。

夢幻《ゆめうつつ》

阿佐子26歳

とっぷりと暮れた東の空に、恐ろしく大きな丸い月が掛かっていた。山吹色の静かな光を放ちながら、月はただ、ぽかりと晩秋の夜空に浮いているだけのように見えた。

その昔、新潟《にいがた》の祖母の家の小暗《おぐら》い天井《てんじょう》で、同じものを見た、と矢崎は思った。祖母が愛用していた、古い丸行灯《まるあんどん》の光だった。

祖母が死んで何年になるだろう、とぼんやり考えた。二十年？　三十年？　忘れてしまった。すべてのことが、遠い記憶の底に沈んでしまったように感じられる。過去の出来事、現在の仕事、日常生活、そのすべてが。

助手席には、美しい女が座っていた。木暮阿佐子《こぐれあさこ》。二十六歳。知り合ったのはわずか一ヵ月前だった。

阿佐子はさっきから黙りこくっている。話しかけても､短い言葉を返してくるだけ。だが、矢崎には、彼女が自分を信頼し、自分に何かを求めてくれていることがわかっていた。だからこそ阿佐子は、東京から列車を乗り継いで、人口三万三千人の、これといって特徴のない信州の小さな田舎町まで、わざわざ自分に会いに来てくれたのである。

最終列車で東京に帰らなければならない、と阿佐子は言っていた。東京行きの最後の特急の発車時刻まで、あと三時間と少し。今、駅にいるの、会ってください……阿佐子から突然電話がかかってきたのは、つい一時間ほど前だった。たった四時間の逢瀬《おうせ》である。会っていること以外、何ひとつしたくなかった。だが、世間の人々が夕食をとるような時間帯に、ただあてどなく車を乗り回しているだけ、というのも無粋な気がする。

矢崎は形ばかり提案してみた。「もうこんな時間だし、どこかで食事でもしようか。何がいい？　東京のようにはいかないけど、たいていの店はそろってるよ」

ううん、と阿佐子は即座に首を横に振った。「いいの。それほどお腹《なか》は空《す》いてないし、人がたくさんいるようなレストランには入りたくないから」

「今日は日曜日だからなあ。家族連れが多くてどこも混んでるかもしれないな。よしわかった。近くにハンバーガー屋があるんだ。そこで何か買って、車をどこか静かなところに止めて、ゆっくり食べるっていうのはどうだろう」

阿佐子が矢崎のほうを見て、あたかもしなだれかかるように身体を傾け、「それがいいわ」と言った時、彼は自分の頰《ほお》に阿佐子の吐息があたるのを感じたように思った。

街道沿いにある、地元で一番大きなスーパーの横に、新しくできたばかりのハンバーガー店があった。矢崎は車に阿佐子を待たせ、店の中に入って行って、二人分のチーズバーガーと温かいコーヒーを注文した。

店の奥に赤い公衆電話があるのが見えた。出来上がるまで少々、お待ちください、と売り子の娘に言われた。妻に電話すべきかどうか、考えた。妻には阿佐子と二人きりだということは言っていない。阿佐子の家族も一緒だ、と妻は信じている。

食事はいらない、木暮さんたちと一緒にとることになったから……そう伝えておけば、多少帰りが遅くなっても、妻は心配しないだろうと思った。だが、電話をかける勇気はなかった。こんな場所で、夜のデートを楽しもうとしている若者のようにいそいそとハンバーガーを買いながら、妻に嘘《うそ》を再確認させるようなことはしたくなかった。嘘なら、とっくについてしまっている。

矢崎は出来上がったハンバーガーを受け取り、車に戻って包みを阿佐子に手渡した。阿佐子は包みに鼻を押しつけ、「いい匂い」と言って微笑《ほほえ》んだ。

デートをするにふさわしい町立公園が近くにあることは知っていた。公園の脇の広い遊歩道からは、遠くの山々の稜《りよう》線《せん》や町の夜景を望むことができる。そこに車を止め、中で何やら怪しげな行動をとるカップルが増えている、という噂《うわさ》はつとに有名だった。だが、そんなところに行く気はなかった。狭い町である。顔見知りの車と鉢合わせをしないとも限らない。

思いついて矢崎は車を農道のほうに向けた。畑に囲まれた農道の付近には民家もなく、目ぼしい建物もない。地元の人間はもとより、都会から来るドライバーもめったに入って来ない道である。

キャベツやとうもろこしの収穫が終わった畑は、ヘッドライトの明かりの中、荒れ果てた広大な更地《さらち》のように黒々と広がっていた。あたりに街灯はひとつもなく、遥か遠くの山々が、丸行灯のような月に照らしだされて、ぼんやりと仄白《ほのじろ》く浮き上がって見えるだけである。

農道脇の、葉を落としたカラマツが数本群がっている一角に車を止め、矢崎はエンジンを切った。エンジンが冷えていく金属音がかすかに聞こえた。静寂があたりを包み始めた。

静かすぎて怖い、と阿佐子が言った。矢崎はイグニションキイを回し、カーラジオをつけた。井上陽水の『氷の世界』が流れてきた。今が一九八七年であることが矢崎には信じられなくなった。ずっとずっと、遥か昔に戻ったまま、阿佐子とこうして車に乗り続け、ここまで来てしまったような気がする。

買ってきたハンバーガーと紙コップ入りのコーヒーを阿佐子に渡し、二人並んで食べ始めた。月明かりの中、ふと横を見ると、前を向いたままでいる阿佐子の大きなアーモンド形の目が、静かな湖面の水のように慎ましく光っているのが見えた。

視線を感じたのか、彼女は両手でリスのようにハンバーガーの包みを持ったまま、彼のほうを振り向いた。

「何?」と阿佐子は問うた。無邪気さの中に、ひどく大人びた、誘いこむような視線が感じられた。その目には、月の光が映っていた。

何か答えようとしながら、矢崎は微笑み返した。胸が詰まり、喉《のど》が塞《ふさ》がって言葉を失い、彼はただ、こみあげてくる不可思議な衝動を抑えつつ、目を細めて微笑むことしかできなかった。

矢崎忠明が阿佐子と初めて出会ったのは、十月最後の日曜日だった。

矢崎内科小児科医院の診察室は、母屋《おもや》と別棟になっている。その日は休診日にあたっていたが、日暮れた頃になって近所に住む主婦が母屋のほうに駆け込んで来た。二歳になる娘が急にひきつけを起こしたから診てほしい、という。

十年前、まだ二十九歳だった彼がこの地で小さな医院を開業した直後、同じ町に内科と外科、小児科を兼ねたクリニックができた。東京の私立医大で学んだという、いかにも遊び人ふうの若い医師が兄弟で開業したクリニックで、贅《ぜい》をこらした建物はちょっとしたホテルのようだ、と近隣の評判を呼んだ。近代的な医療設備も整っていた。矢崎はそのクリニックに多くの患者を奪われる形になった。

おかげで、急患に深夜たたき起こされる、ということも少なくなった。いつ来ても矢崎先生のとこは空いてていいねえ、と慢性病で通って来る常連の老人たちに喜ばれてばかりいる。

いいのか悪いのか、彼にはわからなかった。わからないまま、時が流れ、結婚し、一児をもうけた。頭の毛は薄くなる一方で、いつもにこにこしながら患者に接しているせいか、目尻や口もとに、彼の性格を象徴するような笑《わら》い皺《じわ》が深く刻まれた。背が高く、体格がいいことだけが取柄《とりえ》だが、大きな身体にまとう白衣は子供の恐怖心をあおるらしい。小児科の患者に泣かれ、嫌われるたびに身体を縮めて小さく見せる努力をしてきたため、いつのまにか身体つきからも若さが失われてしまっている。

ひきつけを起こしたという女の子は、扁桃炎《へんとうえん》による単純な熱性ケイレンだった。彼が抗ケイレン剤の座薬と解熱剤を処方している間に、何事もなかったかのようにけろりとし、診察室に用意してある棒つきのキャンディを与えると、飢えた子猿のようにセロハンをはがして舐《な》め始めた。母親は何度も礼を言いながら帰って行った。

診察室の電話が鳴ったのは、その直後である。受話器を取ると、苦しげに喘《あえ》ぐ女の声が返ってきた。

一昨日からこちらに来ている旅行者だが、熱が出て突然、気分が悪くなり、吐いてばかりいる、そのうえ腹痛がひどくなった、なんとか診てもらえないだろうか、と言う。

症状がまだ出ていない時、たまたま矢崎医院の前を通りかかって、その名を覚えていたらしい。いま、宿泊先のホテルの電話帳で調べて電話をかけています、この土地に知り合いはいませんし、騒ぎを起こすのはいやなので、救急車の世話にはなりたくありません、これからタクシーを呼んでそちらに行きます、大丈夫です、今ならまだ一人でも行けますから、と女は言い、苦痛をこらえるように静かなため息をついた。

休診日に二人の急患とは珍しい、と思いつつ、矢崎は診察に応じることにした。ほどなくタクシーが矢崎医院の前で停まり、トレンチコート姿の若い女が前屈《まえかが》みになりながら中に入って来た。

　青白い顔をして髪を振り乱し、血の気のない唇をからからに干《ひ》からびさせてはいたが、そうした状態にありながら、女の美しさは比類がなかった。彼は一瞬、目の前に虹を見たような思いにかられた。

　白衣を着た矢崎を見るなり、気を失うようにして、女は床に崩れおちた。矢崎は慌《あわ》てて女の身体を支えた。華奢《きゃしゃ》だが、豊かな弾力を感じさせる身体だった。

　女は矢崎に腕を取られながら、「すみません」とあやまった。痛みのせいか、額に脂汗《あぶらあせ》が光っているのが見えた。

　彼はようやく、自分が医師であることを思い出した。女を支えて診察室に運び、診察ベッドの上に寝かせて、簡潔に症状を聞いた。大急ぎでカルテを作成し、お腹を拝見します、と言いながら、てきぱきとニットのワンピースの下に手をすべらせた。

　彼が腹部の触診をしている間中、女はじっと彼の顔を見上げていた。視線を感じた彼は安心させようとして、微笑みかけた。彼女は信頼しきった表情で、かすかに唇の端を持ち上げながらゆっくりと瞬《まばた》きを返した。

「おそらく急性虫垂炎でしょう」矢崎は言った。「血液検査をしてみないと何とも言えませんが、かなり進行してると思いますよ」

　木暮阿佐子と名乗った女は、驚いた様子も見せず、「そうですか」とだけ言った。

矢崎医師の他に、通いの看護婦と薬剤士がいるだけの矢崎医院には、検査、手術の施設がなかった。彼は隣町にある県立総合病院の救急センターに連絡し、患者を一人、受け入れて欲しい、と依頼した。

救急車ですか、と聞かれ、即座に「いや、違います。僕がこれから搬送します」と答えた。自分ではない、別の人間が喋《しゃべ》っているような感じがした。自分のところに来た急患をわざわざ彼が自分で救急センターまで運んだことなど、かつて一度もなかった。

診察室にある内線電話を使って、母屋にいる妻の悦子に電話をかけた。急患なので、これから総合病院まで送り届けて来る、と言うと、悦子は「どうして?」と不思議そうに聞いた。

「救急車、呼べなかったの?」

救急車を呼ぶほどでもないし、かといってタクシーで自力で行けるほどの元気もないんだ、と彼は言い、ベッドで身体を海老《えび》のように曲げて横たわっている阿佐子に聞かれぬよう、声をひそめた。「一人旅の途中の旅行者なんだよ。土地勘はまるでないし、付添いも誰もいない。気の毒だろう?」

「せっかく今夜はお鍋《なべ》にしたのにな。健太も楽しみにしてたのよ」悦子は言った。「でも、まあ、いいか。仕方ないものね。あなたが帰って来るまで待ってる。早く帰ってね。何か手伝うことある?」

大丈夫だよ、何もない、と彼はにこやかに答えた。

矢崎が阿佐子を自分の車の後部座席に寝かせようとすると、彼女は助手席に座らせてほしい、と言った。「後ろにいたら、先生の顔が見えなくて心細くなりそうです。少しでも先生の近くにいさせてください」

彼は笑顔でそれに応《こた》え、彼女のために助手席のシートを大きく傾けてやった。総合病院までは車で十数分。途中、会話らしい会話は交わさなかったが、阿佐子は時折、苦しげなため息をもらしながら、救いを求めるようにして彼に手を伸ばしてきた。そのたびに矢崎は、ハンドルから両手を離し、自分の腕や脇腹のあたりにかすかに触れてくる彼女の手をしっかりとくるみこんでやりたくなる衝動と戦わねばならなかった。

総合病院の救急センターでの診断も、矢崎の診断と同じだった。腹膜炎の心配があるというので、ただちに手術が行われることになった。手続きなど、後のことは病院側に任せ、矢崎は家に戻った。

東京の病院長の一人娘らしいよ、と彼が教えた時、悦子はちょうど、卓上コンロの火をつけようとテーブルの上で身体を屈ませているところだった。悦子は、そう、とくぐもった声で言った。「患者さんって、女の人だったの」

ぽっ、と小さな音がして、コンロに青い炎が環を描いた。野菜や魚や豆腐が山盛りになって盛りこまれている土鍋の縁から、しなびて勢いを失った春菊が垂れ下がっているのが見えた。すでに八時半になっていた。遅くなって悪かったなあ、と矢崎は言い、四つになったばかりの健太を膝《ひざ》に載せて、息子の日向《ひなた》くさい頭の匂いを嗅《か》いだ。

矢崎医院の診療時間は、午前九時から十二時までと、午後三時から六時までである。昼食後の空いた時間を利用して、翌日から矢崎は毎日、総合病院に入院中の阿佐子の見舞いに通うようになった。午後の休憩時間に雑用を済ませるのが矢崎の習慣になっていたので、連日の外出を悦子に不審がられることはなかった。

阿佐子の回復は順調だった。手術の二日目には流動食から一般食に切り換えられ、三日目にはいつ退院しても不思議ではないほどの元気を取り戻していて、持って行ったプリンやゼリー、果物を矢崎の見ている前でむしゃむしゃと食べるほどだった。

事情があって、弟以外の家族には何も知らせていないんです、と阿佐子は打ち明けた。弟は今夜、こっちに着くそうです、ホテルの人の厚意に甘えて、部屋に置いてあった荷物も全部、届けてもらったし、不自由は何もありません……そう言って、彼女は人なつこい笑みを浮かべ、「先生、ありがとう」と彼に向かって手を差し出した。

彼は差し出された白い手を見た。「何？」

「お礼の握手、させてください」

阿佐子の病室は二人部屋だったが、もう一つのベッドは空いていた。雨が降っている寒い日だった。窓ガラスは曇り、枕元の読書灯が白いシーツの上に温かな黄色い光を投げていた。病室のドアは閉まっていた。矢崎は阿佐子と二人きりだった。

矢崎がおずおずと手を伸ばすと、ベッドに半身を起こしていた阿佐子は、待ちかねていたようにその手を両手でふわりとくるみこみ、やおら自分の頬にあてがって、うっとりと目を閉じた。「この手。この手が私の盲腸を見つけてくれたのね」

そして「大きな手」とつぶやくと、彼女はいとおしげに軽く唇を押しあてた。

手の甲に、濡《ぬ》れた小鳥の羽毛が触れた時のような、かすかな感触が伝わった。矢崎はされるままになっていた。

「いやなことがいっぱいあって」と阿佐子は言い、言いながらそっと彼の手を離した。「東京には戻りたくない、って思ってたところだったんです。ホテルで突然、気分が悪くなった時は、このまま死んでもいいかな、って思ったけど、本当は生きていたかったのね。すぐに思い出したのは、矢崎医院っていう看板。あの日、散歩の途中で見つけたんです。三角屋根の可愛らしい建物で……どうしてもあの矢崎医院に行きたい、って思って。不思議ね。どうしてなのか、今もわからない。病院なら他にもたくさんあったのに」

「僕のところに来てくれて、光栄だったな」矢崎は言った。

言った瞬間、彼は目の前の透き通ったように美しい若い娘を抱きしめながら、切り立った崖《がけ》を果てしなく、地獄の底に向かって転がり落ちて行く自分の幻影を見たように思った。

翌日、病室に行ってみると、ベッドの傍には背の高い若者が立っていた。阿佐子は若者を「弟の正実《まさみ》です」と紹介した。医者になれという父親と、そりが合わずに大喧嘩《おおげんか》し、家を飛び出して、一年浪人した後、私大の文学部に入ったという話だった。

無愛想というよりは、何か途方もなく虚無的な匂いを発散している男だった。両手の指先をジーンズのポケットに突っ込みながら、飼い主を案じる忠実な犬のような目をして阿佐子を見下ろしてはいたが、正実は一言も矢崎に向かって、姉が世話になった礼を述べなかった。

金持ちのどら息子らしく、自分の車を運転してやって来た正実は、病院の近くのビジネスホテルに部屋をとり、毎日、病室に通って来るようになった。矢崎が見舞いに行くと、正実はあたかも、矢崎が姉と病室で二人きりになるのを阻むかのように、わざとらしく阿佐子と向き合って本を読み始めたり、病室に備えつけられたテレビを見ていたりした。何か質問すれば答えるが、正実のほうから矢崎に質問を向けてくることはなかった。

阿佐子は正実の前で矢崎のことを長年、隠し通してきた秘密の恋人であるかのように扱うこともあれば、あくまでも一人の有能な医師、命の恩人として丁重に扱ってくることもあった。阿佐子の自分に向けられた好意の種類がどんなものであるのか、矢崎にはわかりかねた。

手術の日から数えて七日後、阿佐子は退院した。四、五日、正実と温泉にでも行って養生して、それから東京に帰ります、という電話が一度あっただけで、その後、連絡が途絶えた。礼の葉書一枚も、来なかった。

もう二度と会えない、と思っていた。おそらくは都会育ちの阿佐子にとって、田舎の純朴な医師にしか見えなかったに違いない自分は、からかわれていただけなんだろう、と思った。

無理もない話だった。しばらくの間、矢崎は木暮阿佐子のことを忘れようと努め、そして実際、忘れかけてもいた。

阿佐子がふいに、電話をかけてきて、今、駅にいるの、と言ってきたあの瞬間までは。

「いろんなことがありすぎて……」阿佐子が紙コップのコーヒーを一口、飲んでから言った。「でも、やっと気持ちの整理がついたの。そうしたら、先生に会いたくなって、いたたまれなくなって、列車に飛び乗っちゃった」

そう、と矢崎は言った。興味をひかれないわけではなかったが、阿佐子の言う「いろんなこと」というのが、どういうことであってもかまわないような気もした。彼女が自分に会いたくなって、列車に飛び乗ったという事実さえ知ることができれば、それで満足だった。

「私、大学を出てから、ふつうに就職したんです」阿佐子は問わず語りに話し始めた。「製薬会社です。父の病院の関係者がいて、私みたいにろくな勉強もしてこなかった人間でも、入社させてくれたんだけど、そこでもいろいろあって……今年の春、退職しちゃったの。ちょうどその頃、学生時代の友達がご主人と二人でコーヒー喫茶を経営することになって……人手が足りないって言うんで、私が呼ばれて、アルバイトとしてカウンターの中のことを手伝うことになったんだけど……。そしたら、その友達のご主人が私のことを……」

ああ、わかった、と矢崎は口をはさんだ。「その友達のご亭主が、あなたのことを好きになっちゃったんだね」

阿佐子は静かにうなずいた。「私のせいなんです。わかってるの。その人、友達の目を盗んで私に電話をかけてきたり、店を閉めた後、誘ってきたりしてたんだけど、私、きちんと断れなかったから。断るのは悪いような気がして。なんとか、私から目をそらしてほしいって思いながら、どうしても断れなかった。優しいからじゃないの。私がずるいからなのね。相手が悲しそうな顔をするのを見るのが辛いから……。だったら、一度くらいはいいだろう、って思ってしまう性分で……だから……」

「そこで友達との間にトラブルが起きたんだ」

「そう」阿佐子は言い、目を伏せた。「友達は半狂乱になっちゃって。それでその人、薬を飲んで自殺未遂して……」

「その人、ってどっち？　奥さんのほう？　それとも……」

「奥さんのほうは気が強い人だから、そんなことはしないわ。薬を飲んだのはご主人のほう。それが先月初めの出来事だったの。容体は大したことなくて、すぐに退院できたんだけど、でもだめね。私のほうが参っちゃって。なんだか疲れきっちゃって、物も考えられなくなって……それでふらふら一人で旅行して歩いてた時に、先生と知り合ったんだわ」

そうか、と矢崎はうなずいた。ハンバーガーは半分以上残っていたが、もう食べる気がしなくなった。彼はパンを袋に戻し、ストローでコーヒーをすすった。

丸行灯のようだった月は、次第に天高く移動し、形も小さくなって、澄み渡った冴《さ》え冴《ざ》えとした青い光を投げ始めた。

「先生のこと、忘れられなかった」阿佐子はぽつりと言い、彼のほうを向いた。「先生の笑顔が好き。優しくって、温かくって。東京で、何度も先生の優しそうな目を思い出してた。思い出している間中、なんだか元気が出てくるような気がしたわ。ずっとあのまんま、入院していたかったな。そうしたら、先生、毎日、来てくれたでしょ？」

「もちろん、行ったよ」矢崎は目を細めて阿佐子を見下ろした。

「昼だけじゃなくて、夜も？」

「ああ、多分ね」

「多分？」

いや、と言い、矢崎は小さく笑った。「多分、じゃないな。絶対に行ったよ」

阿佐子は微笑んだ。夜の闇に慣れると、皓々《こうこう》とした月の光で、あたりは昼間のように明るく感じられた。矢崎には、阿佐子の目のくっきりとした二重の筋、ほんの少し下がり気味になっている唇の美しい曲線が、はっきりと見てとれた。

「先生のことを考えてると、胸が熱くなるの。先生の傍に行きたい、傍にいたい、って思えてきて……お腹が痛くなって、初めて先生の診察室に行った時から、私、そう思ってた」

「中年男をからかうもんじゃないよ」

「からかってるんじゃない。ほんとです」

「あなたを見た男は、誰もがあなたに釘《くぎ》づけになるんだ。あなたはそのことを知っている。知っていて、時々、ちょっとからかってみたくなるんだろう、きっと」

「本気でそんなこと言ってるの？」阿佐子は静かに聞き返した。

矢崎は答えなかった。

カーラジオではさっきから、若い男と女の賑《にぎ》やかなやりとりが続いていた。合間にCMが流れ、音楽が流れ、また男と女の喋り声が繰り返された。

何を喋っているのか、頭に入ってこなかった。日本語ではないような気がした。

「外科医になっていればよかった、と思うよ」矢崎は前を向いたまま言った。「……あなたのオペをしたかった」

いやよ、と阿佐子は言い、笑いながら彼を振り向いた。「先生には身体を切られたくないもの」

「じゃあ、僕には何をしてほしい？」

阿佐子はじっと、食い入るような目で彼を見つめ、ふっと表情を和らげると、聞き取れないほど小さな声で言った。「そうやって、にこにこしながら私を見ててほしいだけ」

助手席の阿佐子の身体が、ふいにやわらかいゼリーのようにくずれたかと思うと、次の瞬間、彼女は矢崎の首に両腕を回し、彼の胸に顔を埋めてきた。阿佐子の髪の毛の匂いが彼の鼻腔《びこう》を充《み》たした。花の香りが彼の身体の中を駆け抜け、熱い火の玉になって膨張していくように思われた。

矢崎は阿佐子を抱き寄せ、その手に力をこめながら、子供でもあやすようにして軽く揺すった。心臓が、十代の若者のような烈《はげ》しい鼓動を繰り返していた。

彼はフロントガラスの向こう、月明かりにやわらかな影を落としているカラマツの木を見据えた。これは夢だ、と彼は自分に言い聞かせた。夢なのだから、いつかは必ず覚める時がくる、と。その時まで、心静かに溺《おぼ》れていればいいのだ、と。

その年の年末から正月にかけて、矢崎は丸一週間の休みをとった。正月はスキー場で家族水いらずで過ごしたい、と悦子が言い、スキー場のあるホテルを予約しておいたのだが、急遽《きゅうきょ》、変更して健太を東京ディズニーランドに連れて行くことにしたのは、阿佐子の父、木暮修造から丁寧にしたためられた手紙が送られてきたからである。

旅先で娘が世話になった話を今頃、耳にし、心から恐縮している、もっと早くお礼をしなければならないところ、娘が親に黙っていたのでこんなに時間がたってしまった、ついては是非ともお目にかかってお礼を申し上げたく、上京なさる予定があれば、すぐにでも知らせてほしい……達筆の墨文字でそう書かれた手紙には、その場限りのものではない、木暮修造の熱意が表れているように思えた。

修造に会う時は、阿佐子も来てくれるはずであった。阿佐子に会える、と思うと、矢崎の気持ちははずんだ。

妻も息子も、スキー行きを返上した代わりにディズニーランドに行ける、と知って大喜びした。混み合っていた時期だが、なんとかホテルの部屋を予約することができ、矢崎は木暮修造にその旨《むね》、返事を書いた。

折り返し送られてきた手紙は修造からではなく、阿佐子本人からのものだった。一月二日の午後十二時半に、日比谷の帝国ホテルロビーで待っている、出向くのは自分と父と母の三人で、父が先生に是非、昼食をもてなしたいと言っている……などということが書かれてあった。他人行儀と思われるほど素っ気ない事務的な手紙だったことが、矢崎を少し寂しくさせたが、そのままの文面を悦子に見せることができたのは好都合だった。

悦子は手紙を読み、「じゃあ、あなただけ二日のお昼ごはんは別ね」と言いながら、丁寧に便箋《びんせん》をたたんで封筒に戻した。「ねえ、この阿佐子さんって人、美人？」

突然の質問に不意打ちをくらい、とまどったが、いつもの癖で、矢崎は微笑みを崩さずにすんだ。彼は言った。「美人も美人、すごい美人だよ。救急センターに運んだ時も、看護婦が騒いでたっけな。女優じゃないか、って」

「じゃあ、きっとご両親も美男美女なのねえ」と悦子は言った。「どんな顔してるのか、見たいな。そうだ。今度東京で、ご一家と会った時、写真、撮って来てくれない？」

「誰の写真？」

「阿佐子さんとご両親の。記念写真だ、って言えば撮らせていただけるでしょ？　見てみたいんだもの。こんな田舎にいると、美男美女なんて、めったにお目にかからないから。目の保養よ」

無邪気な好奇心、と受け取れた。もともと悦子は、猜疑心《さいぎしん》を抱くと隠しきれなくなって、真正面から質問をぶつけてくる女だった。夫が若い娘と密会したわけではない、という確固たる証拠写真を欲しがっているのだとしたら、もっと別の言い方をしてくるはずだった。

矢崎はほっとし、「いいよ」と気軽に応じた。「へえ、そんなに見たかったんなら、この間、木暮さんたちがこの町に来た時、うちに連れて来ればよかったな」

悦子は、そうよ、そうよ、どうしてそうしてくれなかったの、と言ったが、さして本気で責めている様子もなかった。まもなくその話は終わった。以来、悦子は阿佐子の話はしなかった。

矢崎は妻子を連れて、暮れの十二月三十日に上京し、年末年始をディズニーランド近くの浦安のホテルで過ごした。健太はディズニーランドで見るもの聞くものすべてに、強い興味を示した。その興奮ぶりは悦子にまで伝わったものらしい。拡声器のようになった母子が、四六時中、矢崎に向かってきゃあきゃあという歓声を上げ続けたものだから、夜、寝ていても、そのかん高い声が耳について離れないほどだった。

年が明け、元日を迎えた日の午後遅く、ディズニーランドで遊び疲れた健太がホテルの部屋で昼寝を始め、悦子が添い寝をしていた時、室内の電話が鳴った。

受話器を取ったのは矢崎だった。阿佐子が「ああ、先生」と喜びに満ちた声をあげた。

「手紙に、先生が滞在するホテルの名前が書いてあったんで、かけてみたの。ディズニーランドはどう？　楽しんでる？」

ええ、おかげさまで、と矢崎は答えた。答えながら、電話をかけてきた相手が誰だったことにすればいいのか、慌ただしく考えた。咄嗟《とっさ》のことゆえ、嘘はなかなか思いつけなかった。ベッドに息子と共に寝そべっていた悦子が、頭を起こし、矢崎を見た。矢崎は妻に向かって微笑みかけた。悦子はあくびをかみ殺すような顔をして、再び息子に寄り添った。

「明日、会うのを楽しみにしてます」阿佐子は言った。矢崎が家族と一緒に部屋にいることを悟った様子だった。「……食事の後、少し時間をください」

「はあ」

「せめて一時間でも。一緒にいたいから」

「はい、それはもう、是非」

「先生」

「何でしょう」

「私、また時々、列車に飛び乗って、先生のところに行くかもしれない」

「ええ、そうなったらそうなったで。もちろん、是非とも、こちらとしても……」

「ごめんなさい」

電話は唐突に切れた。何も聞こえなくなった受話器を耳にあてがいながら、矢崎は「それではまた。わざわざどうも」とつけ加えて、受話器をおろした。

誰？　と悦子が聞いた。嘘はつけそうになかった。

「木暮阿佐子さんだよ。手紙の返事にここのホテルに泊まる、って書いておいたから、かけてきたみたいだ」

「阿佐子さんが、何の御用？」

「いや、なに。明日の約束の確認さ」

悦子はくすくす笑った。「あなたったら、可笑《おか》しい」

「どうして？」

「あなたのほうが患者さんみたいだったわよ。ぺこぺこしちゃって」

そうか、と矢崎は言い、照れたふりをして後頭部を掻《か》いてみせた。「なにしろ、あちらは金持ちの病院長の娘で、とびきりの美人ときてるからね」

「美人と話すと緊張するの？」

「そりゃあそうさ。緊張しない男なんていないだろう？」

悦子は芝居がかった表情を作り、少女のように口をとがらせた。「私にはちっとも緊張してくれないくせに」

「きみは僕の女房じゃないか。緊張してどうする」

そうよね、と悦子は言い、にっこり笑った。つられた矢崎も、悦子に向かってにっこりと笑いかけた。

悦子はつとベッドから降りて来るなり、彼の前に立った。そして、甘えるようにして彼の身体に両腕を巻きつけ、胸に顔を押しつけてきた。日頃、めったに見せないような仕草だった。

悦子は小柄で痩《や》せていた。矢崎が軽く抱き寄せてやると、悦子はまるで、大木にしがみついて震えている小さな虫のようになった。

翌日、帝国ホテルのロビーで木暮夫妻と初めて会った矢崎は、ひと目で、木暮修造の妻が、阿佐子の本当の母親ではない、ということを直感した。

雪乃と修造には、誰が見てもかなりの年齢の開きがあった。第一、雪乃には阿佐子が漂わせているような、持って生まれた気品が何ひとつなかった。

「休診日だったのに、わざわざ病院まで送り届けてくだすったそうですな。もったいないほどのご親切には、親として、いや医師の一人として、頭が下がるばかりです。いやいや、本当に世話になりました。この通りです」

白髪なのか禿《は》げかかっているのか、よくわからない、小鳥の雛《ひな》のようにぽやぽやとした毛を生やした頭を下げながら、修造は矢崎に向かって丁寧にお辞儀をした。目鼻立ちの派手な男だったが、身体つきもそれに負けず劣らず派手だった。上等なスーツに包まれた太鼓腹は、中に丸めた座布団《ざぶとん》を入れているのではないか、と思われるほど大きくせり出していた。胸元に金の懐中時計の鎖を覗《のぞ》かせているのが、こんなに都会的に見えて似合う男もいないだろう、と矢崎は思った。

修造に寄り添うように立っていた雪乃は、淡い桃色地に金箔《きんぱく》模様が入っている豪華な訪問着姿だった。彼女は、人をたじろがせるような真っ直ぐな視線を矢崎に投げると、「まあ、いいこと」と言って、くすくす笑った。「こんなに素敵な先生にだったら、私も盲腸を取っていただきたいものだわ。先生、私が旅先で盲腸になったら、阿佐子ちゃんみたいにご連絡しますから、是非、お願いしますね」

その種の冗談は矢崎には苦手だった。はあ、と矢崎が言い、作り笑いをして目を伏せようとした時だった。雪乃から少し離れたところに立っていた阿佐子と目が合った。阿佐子は真紅のコートに黒いロングブーツをはき、前日の電話での様子とは打って変わった、どこか苛々《いらいら》した表情で眉間《みけん》にかすかに皺を寄せていた。

「雪乃さんって何も知らないのね」阿佐子が矢崎から目をそらせると、怒ったように言った。「矢崎先生は内科の先生よ。盲腸の手術をするのは外科。矢崎先生には盲腸の手術はお願いできない、ってことくらい、医者の妻ならわかりそうなもんじゃない？」

「あら、いいじゃないの。もののたとえなんだから」

「いくらたとえでも、そんな言い方、先生に失礼だわ」

「いやだ、阿佐子ちゃんたら。どうしたの？　何をそんなにぷりぷりして……」

おいおい、と修造が低く笑いながら取りなした。「やめなさい、正月早々。こんなところで見苦しい。矢崎先生の前じゃないか」

阿佐子は奥歯を噛《か》みしめたような顔をして視線をはずしたが、雪乃は動じる素振りを見せなかった。手にした白い毛皮のストールを畳み直すと、雪乃は「先生」と言って、和服の腰のあたりにあだっぽいシナを作りながら、再び矢崎を見上げた。「ここのホテルの地下においしいお鮨屋《すしや》さんがありますの。予約を入れておきましたのよ。そろそろ参りましょう」

正月気分たけなわの鮨店では低く雅楽が流れ、白人の老夫婦が一組、静かに食事をしている以外、客は誰もいなかった。総檜《そうひのき》のカウンター席の、L字形に曲がっているコーナー奥に木暮夫妻、手前側に矢崎と阿佐子が並んで座った。

会話ははずまなかった。修造が矢崎の医師としての仕事について、二、三、質問をし、矢崎が修造の病院について似たような質問を返すと、他に話すことはなくなった。雪乃だけが一人で喋りまくり、阿佐子は終始、黙っていた。

あらかた鮨を食べ終え、デザートのマスクメロンをみんなで食べている時だった。ふいに阿佐子が矢崎に向かって聞いた。「ねえ、先生。どうして私が、この人のこと雪乃さん、って名前で呼んでるか、わかる？」

矢崎が言葉を濁していると、阿佐子は「雪乃さん、教えてあげて」と雪乃に向かって作ったような甘い声を出した。「雪乃さんは正実の本当の母親だけど、私の本当の母親じゃないからなのよね」

「今さらそんなこと、どうだっていいだろう」修造がたしなめ、ははっ、と取りつくろうような笑い声をあげた。「阿佐子は矢崎先生になついとるようですな。いつもはこういう席で、こんなことを言うような娘ではないんですが。せっかく就職させた会社も勝手に辞めて、勝手に部屋を借りて家を出てしまいましてね。何をやっているんだか、親にも何の報告もありませんから、今回のように後で詳しいことを知らされると、こちらは目を白黒させるばかりです。いや、まったく申し訳ない」

そんなこと、ちっともかまいませんよ、と矢崎は言い、雪乃と阿佐子に向かって等分に笑いかけた。それしか言いようがなかった。雪乃は少しいやな顔をして阿佐子を見たが、非難するとか、怒り出すとかいった様子は見られず、手際よくメロンを食べ終えると、「結構なお味ね」と言って、修造の持っていた煙草《たばこ》に手を伸ばした。

店を出て、ホテルのロビーに戻った時、矢崎は修造に、写真を撮りませんか、と言った。「カメラを持って来ているんです。記念に一枚、いかがです」

妻が美男美女の顔を見たがっているから、とは言えなかった。矢崎にとって、居合わせた顔ぶれの中、美しいという形容を使って許されるのは、阿佐子ひとりだけであった。

そいつはいい、と修造が言った。「阿佐子、パパと一緒に写真を撮るなんて、何年ぶりだろうね」

忘れたわ、と阿佐子は素っ気《そけ》なく答えた。

矢崎は、通りがかったベルボーイにシャッターを押してもらえないか、と頼んだ。ホテルの外に出て、タクシー乗場の脇の、緑の植え込みが見える一角に四人は立った。暖かな日差しがさしこむ、静かな正月の午後だった。矢崎の隣に立ち、救いを求めるようにして彼の身体に寄り添ってきた阿佐子の身体から、覚えのある、あの花の匂いがたちのぼった。ベルボーイがシャッターを押した。カシャッ、という軽快な音が、あふれる日の光の中に弾けた。

木暮夫妻と別れ、矢崎と二人きりになるなり、阿佐子は彼の腕に腕をからませてきた。一瞬、悦子がどこかの建物の蔭から見張っているような気がした。矢崎が身をすくませると、阿佐子はいっそう、からませた腕に力をこめ、身体を押しつけて、はいているブーツが彼のズボンに触れてくるほど彼にぴたりと寄り添った。

「先生」と阿佐子は言った。「会いたかった」

矢崎は自分の肩に載せられた阿佐子の頭を見下ろした。コートを着た彼の肩に、阿佐子の美しい髪の毛がつややかに広がっていた。それは、黒い、果てしのない沼のようで、じっと見ていると吸い込まれていきそうだった。

どこへ行く、というあてはなかった。矢崎は阿佐子を連れて、横断歩道を渡り、帝国ホテル前にある日比谷公園に入った。そんなところに入るよりも、もっと他に行くべき場所があるような気がしたが、それがどこなのか、彼にはわからなかった。

遅くともあと一、二時間後には、彼は悦子の待つ浦安のホテルに戻っていなければならなかった。悦子とそう約束したのだった。何があろうと、彼はその約束を破るつもりはなかった。

初詣《はつもうで》の帰りらしい、和服姿のカップルが何組か、家族連れに混じって公園内を散策していた。冬枯れた木立ちの合間をぬうようにして、時折、鳩が飛び交った。すでに日は傾き始め、弱々しい残照のようになって、公園内のいたるところに、長い影を作っていた。

阿佐子の肌のぬくもりが、コートを通して感じられた。それは儚《はかな》い夢の象徴のように、矢崎をしんと静かな気持ちにさせた。

「寒くない？」彼は歩きながら聞いた。

「ちっとも」

「どこか行きたいところはある？」

「ないわ」

「じゃあ、ずっとこうやって歩いてようか」

「どうだっていいの。私は先生がいる所、先生のその笑顔がある所にしか行きたくないんだから」

阿佐子が鼻をすする音が聞こえた。矢崎はそっと首を傾け、阿佐子の顔を覗きこんだ。阿佐子の目は赤く、泣いているように見えた。

「泣いてるんだね。どうしたんだ」

阿佐子は答えない。矢崎は彼女の腕をはずし、なだめるようにして彼女の肩を抱き寄せた。彼の太い腕の中に、阿佐子の肩はすっぽりと収まった。

阿佐子は大きく息を吸い、濡れた目で彼を見上げた。「弟だわ」

心なし、どこか決然としたような言い方だった。矢崎は「え?」と問い返した。

阿佐子は矢崎の腕から離れ、後ろを振り向いた。矢崎は阿佐子の視線を追った。

黒革のブルゾンを着た長身の木暮正実が、煙草をふかしながら、ふてくされたような足取りで歩いて来るのが見えた。

「相変わらず父と関係がよくないから、今日、正実を呼ばなかったんだけど」阿佐子が正実を見つめたまま、早口に言った。「先生と帝国ホテルで食事をする、って私が教えておいたの。でも正実が来たからって、気にしないでね。あの子は来たいから来ただけで、私たちを邪魔するつもりはないんだから」

正実は阿佐子の傍まで来ると、「どうも」と言って矢崎に会釈をした。どうも、と矢崎も鸚鵡返《おうむがえ》しに応えた。

姉の阿佐子が、男という男を夢中にさせる女なら、腹違いの弟の正実は、女という女を夢中にさせる男だ、と矢崎は思った。彼は正実のひきしまった若々しい身体つきや、冬の風をはらんで優雅に揺れる豊かな髪の毛、健康と性的充実度の高さを表す太い首、意志の強そうな彫りの深い美しい顔を、あたかも失われた青春を思い返す時のような、切ない嫉妬《しっと》をこめた目で眺めた。

阿佐子は正実の見ている前で、再び矢崎の腕に手を回した。阿佐子のぬくもりが矢崎を満たした。阿佐子の頭が矢崎の肩に載せられた。阿佐子のはいていたロングブーツの踵《かかと》が、地面をこする音がした。

正実が阿佐子の隣に立った。気がつくと正実もまた、彼らと歩調を合わせながら歩き始めていた。

どこへ行くというあてもなかった。近くの開いている喫茶店に入り、温かい飲物を飲もう、という気にもなれなかった。話すこと、話しておかねばならないことも何一つなかった。そうやって阿佐子の肌のぬくもりを感じながら、冬の淡い光の中を歩いていること自体が、矢崎には現実のものであると思えなかった。

未だ自分は夢の中を漂っている、と彼は思った。阿佐子の隣を、彼女に付き添うしもべのようにして歩いている一人の美しい青年もまた、彼には幻の一角獣のようにしか見えなかった。

彼に寄りかかって歩いている阿佐子には見えるはずもなかったが、矢崎はひとり、目を細めてにこにこし続けていた。そうすることで、阿佐子が喜ぶのなら、ずっとこのまま、死ぬまでにこにこしていよう、と彼は思った。

冬の日差しは長く細く、彼ら三人の影を地面に映し出した。逆光の中、行く手には何もなく、ただ、葉を落とした木々の梢《こずえ》が金色の線のようになって見えるばかりだった。

休み明けの診療が始まって一週間後、矢崎は近所のDPE店に出していたフィルムの現像写真を受け取りに行き、夕食の前に悦子に見せた。

ディズニーランドで撮影したどの写真にも、妻と息子の笑顔が写っていた。悦子は健太に一枚一枚、説明してやり、健太は大はしゃぎで自分が写っている写真を見比べた。

トランプカードの束ほどの量になった写真の一番下に、木暮一家と撮影した写真があった。矢崎は妻がそれを見つけるまで黙っていた。

「あら、これ」と悦子は思っていた通りの強い反応を示した。「木暮さんのご家族ね？　あ、この、あなたの隣にいる人が阿佐子さん？　わあ、きれい。ほんとに女優さんみたいなのね」

茶の間の隣になっている台所のガス台では、火にかけたままの味噌汁《みそしる》が煮えたぎっていた。煮えてるぞ、と矢崎は言ったが、悦子は写真に見入っていて立ち上がる様子はない。

仕方なく矢崎は台所に行き、ガスの火を止めた。振り向くと、悦子は背中を丸めて畳の上に座ったまま、まだ写真を見ていた。

「安心した」と悦子はぽつりと言い、顔を上げて、晴れ晴れと微笑んだ。ここ一と月あまり、矢崎は悦子がそれほど晴れ晴れと微笑む顔を見たことがなかった。

彼は「何を安心したんだ」と、気のないふりを装った質問を返しながら、茶の間に戻った。健太が畳一面に写真を散らかし、両手でかきまわして、歓声を上げ始めた。

悦子は言った。「こんなにきれいな人がね、あなたみたいな人のことを好きになるはずがないもの。だから安心したのよ」

矢崎はあぐらをかいて座椅子《ざいす》に座りながら、「ひどいことを言うな」と言って笑ってみせた。「どうせ、僕はきれいな女の人には縁がないよ」

そうなのよ、と悦子は楽しそうに笑った。「あなたはきれいな女の人にはもてないの。その代わりね、私は信じてるんだけど、本当にきれいな女の人って、地球上の女のたった一割しかいないのよ。女の九割が、それほどきれいじゃないの。私みたいな不細工ばっかりなの。それでね、その九割の女の人は、たいてい、あなたみたいな男の人を好きになるのよ。賭けてもいいわ」

矢崎は吹き出した。「別に賭けてくれなくたっていいよ。要するに僕は、醜男《ぶおとこ》で、美人にはもてない、って言いたいんだろ」

悦子はそれには応えなかった。「地球上の九割を占める女の人たちと、もしもあなたを争うことになったとしたら、私、負けるかもしれない。でもね、たった一割しかいない、きれいな女の人との争いだったら、私、勝てる自信があるの。数の問題よ。私は九割の中の一人。相手はたった一割の中の一人。変ね。それだけのことなんだけど、本当にそう思ってるのよ」

悦子はなおも、写真をしげしげと眺め、「これ、阿佐子さんのところに送ってあげるんでしょう？」と聞いた。

矢崎はうなずいた。じゃあ、この一枚だけ、別にしておくわね、と言って、悦子は阿佐子の写真を食器棚の引出しの中にすべらせるなり、勢いよく立ち上がった。「さあ、健太。ご飯にしようね。写真はまた後でゆっくり見ましょ。そんなにばらばらにしちゃ、だめよ」

悦子はかつて、矢崎の患者だった。彼女は、慢性リウマチの持病を持っていて、結婚した今も、すでに少し変形してしまった両手の指の関節は治らないままになっている。

悦子が鼻唄まじりに味噌汁を椀《わん》に注ぎ、盆に載せて茶の間に運んで来た。矢崎は、味噌汁の椀を食卓に並べる悦子の手の、曲がった指を見た。

それは、見慣れた指だった。家庭の幸福の象徴のような指でありながら、同時に、彼を家庭に押し戻す力強い指でもあった。

悦子の曲がった指が器用に飯をよそい、健太の唇についた飯粒をつまみ取り、忙しく動き回るのを矢崎はにこにこしながら、どこかぼんやりと、うわの空で眺めていた。

薄荷の香り

阿佐子30歳

夕暮れになって、ぴたりと風がやんだ。西日に照らされ、玄関先の石畳にできた水たまりがぎらぎらと光っている。咲き狂った庭の紫陽花《あじさい》は、油でも浴びたかのように雨滴をはじいて、紫色が毒々しい。

梅雨《つゆ》入りしたのは六日前。それからずっと雨が降り続き、今朝がたやっと空が晴れわたった。朝から真夏のような蒸し暑さである。

雨がやまないと、母親の健康状態が心配になる。晴れて暑くなったらなったでまた、心配になる。

こんなに一つのことに囚《とら》われる毎日を送るのは生まれて初めてだった。いきなり妻から離婚を切り出された時も、妻が笑みすらたたえながらマンションを出て行った時も、その後、いったい自分の何が悪かったのか、と考えていた時も、これほどではなかった。

母親の面倒をみるために、それまで住んでいたマンションも引き払った。会議の途中、ふと母親のことを考えて、人の話がうわの空になる。今日のように、わけもなく不吉な妄想にかられると、会社を早退してしまうこともあり、こんなことが続けば社会生活に支障をきたすとわかっていながら、気晴らしのひとつもできない。事情が事情だから致し方ないとはいえ、自分の神経はどう考えても尋常ではない、と敬一郎は思う。

「元木多江《もときたえ》」と刻まれた表札の墨文字を見上げながら、敬一郎はズボンのポケットから鍵を取り出し、ドアの鍵穴にさしこんだ。いつものように、鍵が回る手応《てごた》えは得られなかった。ドアはするりと手前に開いた。

母さん、と敬一郎は玄関に入るなり、おそるおそる中に向かって呼びかけた。痰《たん》がからまったような声だった。

彼が帰宅した時、玄関ドアに鍵がかかっていなかったことは、これまで一度もなかった。母の多江は、一見、雑駁《ざっぱく》そうな性格に見えて、防犯には人一倍、気をつかう。

何かあったに違いない、と彼は思った。家のどこかで倒れているのかもしれない。急に具合が悪くなって、自分で救急車を呼び、病院に行ったのかもしれない。あるいはもう……。

慌《あわ》てて靴を脱ごうとした時だった。三和土《たたき》の片隅に、見慣れない女ものの靴がひっそりと置かれてあるのが目にとまった。六センチほどのヒールのついた白いパンプス。汚れも疵《きず》もついていない、美しい靴だった。

家の奥から笑い声が聞こえた。多江のくぐもったような笑い声に、もう一つ別の笑い声が重なった。澄んだ水の流れのような笑い声だった。

安堵《あんど》した途端、敬一郎は急に不機嫌になった。心配するあまり、時折、母に対する怒りがわく。怒りはとぐろを巻いた蛇のように彼自身を締めつける。

乱暴に靴を脱ぎ捨て、廊下に立った。湿気をふくんだ廊下が、みしり、と大きく鳴った。

ふいに笑い声がやみ、「敬一郎？」と問いかける多江の声がした。

彼は「ああ」とぶっきらぼうに応じた。

多江は夫に死なれてからずっと、横浜市郊外にある自宅で、近所の若い主婦相手に料理教室を開き、生計をたてていた。下町生まれの多江である。江戸っ子弁の、いささか乱暴な言葉づかいが親しみやすかったのか、生徒の間での人気は高かった。

年金が入るようになって、本格的に暮らしのめどがたち、料理教室をやめたのは五年前。生徒だった主婦たちとはその後も親しくつきあっていたようだが、多江が体調を崩してからは、彼女たちの足も遠のいた。たとえ訪ねて来ても、せいぜいが到来もののおすそ分けに立ち寄る程度で、遠慮がちに帰って行く。ここのところ、多江もめっきり人を寄せつけなくなっているから、多江がわざわざ誰かを自宅に招待したとも考えられない。

だとしたら、今いる客は誰なんだろう、と敬一郎は不審に思った。

廊下づたいに歩いて、居間を覗《のぞ》いた。庭に面したアルミサッシの窓を背に、布張りのソファーに座っていた女客と目が合った。

三方が窓になっている部屋には西日が大きくさしこみ、女の顔は夕暮れ時の熟した柿のように、つややかに赤く染まって見えた。敬一郎は小鼻がひくりと動くのを覚えた。

「今日はやけに早かったんだね」多江が肘《ひじ》掛《か》け椅子《いす》の中で首を伸ばし、彼のほうを振り返った。

敬一郎は黙っていた。見たこともないほど美しい女の前で、おふくろが心配だから会社を早引けしてきた、などと言うくらいだったら、死んだほうがましだった。

「そんなとこに突っ立ってないで、こっちに来てお座りよ。前にも話したことがあったよね。こちら木暮阿佐子《こぐれあさこ》さん。京都に旅行に行って、おみやげを買って来てくだすったのよ。ほら、見てごらん。こんなに素敵なもの、いただいちゃった」

挨拶《あいさつ》が先か、多江が手にした小箱の中身を覗くのが先か、と迷いつつ、敬一郎は箱の中に目を走らせ、ほとんど同時に女に向かって会釈をしながら「母がいつもお世話になります」と口早に言った。桐の箱に収められていたのは、美しい珊瑚《さんご》色をした帯留めだった。

二週間ほど前、庭で花の手入れをしていた多江は、通りすがりの女からフェンス越しに声をかけられた。フェンスには、花好きの多江が育てた赤い薔薇《ばら》が満開だった。女は薔薇の花付きのよさをほめ、多江の園芸の腕をほめた。気をよくした多江は、女を家にあげてお茶をふるまった。

女は木暮阿佐子と名乗った。近所に越して来たばかりで、知り合いも友達もいない、通りすがりにいつも、庭に出ておられるお姿を拝見していて、何故《なぜ》なのかわからないが、幼いころ亡くした母を思い出した、継母《ままはは》に心を許したことはなく、これまでただの一度も実の母を忘れたことはない、おばさまを見ていると、母が生きていたらきっとこんなふうになっていただろう、と思えて仕方がなくなる……そういう話だった。

以来、三日にあげずに立ち寄って、和菓子だの、届いたばかりの新茶だの、小さくまとめてリボンをかけた美しいブーケなどを多江に届けてくれる。独身ということだったが、何をしている女なのかはわからない。昼日中、親子ほど年の離れた女のところにせっせと物を運んでくるのも、不可解と言えば不可解だった。

どこの馬の骨だかわかりゃしない、死んだ母親の話も作り話に決まっている、何か魂胆があるに違いないのだから、やたらとなれなれしくするな……敬一郎は多江にそう説教した。だが、多江は笑って「考えすぎよ」と言った。育ちが悪いかどうかは、あたしぐらいの年になると、ひとめで見分けられるんだから、と。

母の言う通りだ、と敬一郎は思った。阿佐子からは、裏に潜む計算高さも、薄汚い詐術《さじゅつ》も何ひとつ感じられなかった。彼女からひしひしと伝わってくるのはただ、多江を母のように慕《した》う、少女のような無垢《むく》な気持ちだけだった。

多江からはあらかじめ、阿佐子の年齢を聞いていた。三十だと言っていたが、せいぜい二十五くらいにしか見えない。その肌に触れようとする者すべてを意味もなく拒みそうなくせに、ふいにあたりかまわず、大胆な仕草でしなだれかかってきそうな気もする。すぐに崩れてしまいそうなほど危ういのに、それでいて印象は楚々《そそ》としており、生まれもった気品が感じられる。

おばさまにはいろいろなものをプレゼントしたくなるんです、と阿佐子は敬一郎に向かって弾《はず》んだ口調で言った。「デパートを歩いていたりすると、ああ、これはおばさまに似合う、これはおばさまに食べていただきたい、って、そんなことばかり考えて……。母を亡くしたせいで、母親にプレゼントをする楽しみっていうのを味わったことがありません。だからなんでしょうね、きっと。でも……息子さんが、そんな私のことを気味悪くお思いになっているんじゃないかしら、ってずっと心配してたんです」

とんでもない、と敬一郎はおどけた表情を作って大きく首を横に振った。「僕ももう、四十になりますからね。おふくろに甘える年でもありませんよ。こんな女でよかったら、どうぞおふくろ代わりに使ってやってください」

「こんな女で悪かったね」と横で多江が渋面を作ってみせた。「なにさ、あたしが生んでやらなかったら、おまえなんか今頃、夜空の星屑《ほしくず》のまんまでいたくせに」

「何なんだよ、星屑って」

「人間はね、生まれる前はみんな星屑だったんだって」

「そんなこと、誰が言った」

ははっ、と多江は薄い肩を揺すって笑った。「あたし」

センターテーブルの上には、お茶の他に、切り分けた梅羊羹《うめようかん》やら駄菓子やらを盛り合わせた大皿が置かれてある。他に取り皿が二つ。多江の取り皿だけが汚れておらず、阿佐子が来た後、多江が何も口にしなかったことはすぐにわかる。

その年の四月、多江は微熱と足のリンパ節の腫《は》れがひかず、病院に行った。担当の医師は四十代の半ば。私は告知をする主義です、と妙に勇ましいような口調で前おきをし、医師は多江と敬一郎を前に並ばせて、足のリンパ節の腫れは肺癌《はいがん》の転移によるものだ、と説明した。末期だった。

長くもってもあと四、五ヵ月だろう、と聞かされたが、多江は泣きもせず、動揺も見せなかった。怖いほど涼しい顔をして、ああ、そうですか、と言っただけだった。

あらゆる延命治療を拒否し、五月の連休後、多江は病院を出て自宅に戻った。症状を軽減させる薬を服用する以外は、ふつうの健康な人間と変わりない暮らしを続けているせいで、その表情は穏やかである。今のところ、食欲が目に見えて衰えたのと、ひどく痩《や》せたことを除けば、余命いくばくもない人間であることは誰にもわからない。

笑いの絶えない、冗談まじりの世間話がひとしきり続いた。珍しく気分がいいのか、多江が身内のようにくだけた態度で阿佐子に接していることが敬一郎には嬉《うれ》しかった。そしてそれ以上に、阿佐子という女を視界の片隅に感じていられることが嬉しかった。そら恐ろしいほどきれいなのに、彼女は無邪気で愛らしかった。彼はこころしばらく忘れていた幸福感に酔いしれた。

思いがけず速く時が流れ、日は落ちて、窓の外が仄暗《ほのぐら》さで満たされた。部屋の明かりをつけようと、敬一郎が立ち上がった時だった。

娘が欲しかったね、とふいに多江はつぶやいた。嗄《しゃが》れた声の独白だった。ともしたばかりの明かりの中、多江の目がわずかに潤《うる》むのがわかった。

「一度、流産してるのよ。女の子だったのにさ」

「へえ」と敬一郎はさりげなさを装った。「知らなかったな。いつのことだよ」

あんたが四つの時、と多江は言った。言ってから、ふふ、と短く笑い、手の中で丸めた白いガーゼのハンカチーフをもてあそんだ。病気がわかって以来、多江はいつも、ガーゼのハンカチーフを肌身離さず持ち歩き、その必要もなさそうなのに、唇や目尻を拭《ぬぐ》ったり、かさついた掌《てのひら》をこすったりしている。

「残念だね。生きてりゃ、阿佐子さんみたいな美人になって、こうやって話し相手になってくれたかもしれない」

「私でよければ」と阿佐子がしみじみと目を細めて言った。「いつでもお話相手になりますよ」

嬉しいわね、と多江は言い、若い娘のように小首を傾げて微笑《ほほえ》んだ。「こんなむさくるしい中年の伜《せがれ》よりもね、あなたみたいにきれいな女の人が目の前にいてくれると、生きててよかった、って思うのよ」

「むさくるしい中年で悪かったな」敬一郎がふてくされてみせると、多江と阿佐子は顔を見合わせるようにして笑い声をあげた。

　いとまを告げた阿佐子を送るために、敬一郎は外に出た。とばりの降りた町には、みずみずしい夏の匂いが満ちていた。

　阿佐子に多江の病気のことを教えるつもりはなかった。病気のことを教えたら、教えられた人間は誰しもそれを意識するあまり、病人を特別扱いしようとするに決まっている。多江には最後まで、できる限り健康な人間と変わりない暮らし、変わりない人間づきあいをさせてやりたかった。

　阿佐子の住むマンションは、多江の家から三ブロックほどしか離れていない、坂道の多い住宅街の一角にあった。六階建ての白い建物が坂の下のほうに見えてきた時、敬一郎は思い切って聞いてみた。

「お仕事は何を？」

　まっすぐ前を向いたまま、即座に阿佐子は言った。「囲われてるんです、男の人に」

　迷いのない、決然とした響きのある言い方だった。

　ふざけているのか、と思ったが、そうでもなさそうだった。敬一郎は隣に並んで歩いている阿佐子を見つめた。阿佐子のほうも、ちらと彼を見上げた。水っぽく潤んだような街灯の下、彼女は泣いているように見えた。

　坂道の両脇に連なる家々の庭で、地虫が低く鳴いていた。突然、喉《のど》が締めつけられるような気持ちにかられた。敬一郎は照れた少年のようにその場で足を止めると、仰々しくお辞儀をし、「じゃ、僕はここで」と言った。「今日はお目にかかれて嬉しかった」

阿佐子は一瞬、呆気《あっけ》にとられたような顔をしたが、やがて柔らかく言った。「またお母様に会いに行かせてください」

彼は大きくうなずいた。もうすぐ死を迎えようとしている母に対する情愛と、この美しい女に抱く官能的な気分とが、何故、いっしょくたになって成立し得るのか、彼にはわからなかった。

二人が立っていた坂道を、大きなエンジン音をたてて一台の乗用車が走り去った。坂の下で乗用車が右に曲がると、まもなくあたりには静寂が戻った。

地虫の鳴き声がいちだんと大きくなった。

その週の日曜日は、朝から雨だった。ぼたぼたと軒先から重たげに垂れてくるような雨の中、午後になって阿佐子が多江を訪ねて来た。

「月に一度、日曜日に駅前で園芸市をやってるんですよ。野草とかハーブなんかも売ってるんです」

阿佐子はそう言い、透明なビニール袋に入れられた小さな鉢植えを多江に手渡した。素焼きの鉢に入っていたのは、十センチほど伸びた数本の山薄荷《はっか》だった。

多江は、その小さな葉を一枚つまんで、香りを嗅《か》いだ。多江の吸い込んだ薄荷の香りが、病に冒された多江の肺を一巡していくのを敬一郎は見たような気がした。

ミントティーにするとおいしい、と阿佐子が言ったので、敬一郎は台所で湯をわかし、紅茶を作り始めた。甘みをつけた紅茶に、薄荷の葉を浮かせるだけでもいいのだという。

彼が用意をしている間、多江は居間で阿佐子相手にころころと笑っていた。さほどおかしな話でもなさそうなのに、不自然なほどよく笑う、と思って気をつけて見ていると、やがて窓の外をぼんやり見つめるような仕草をし、多江は「ちょっと失礼」と言って部屋を出て行った。

階段を上がって行く音がし、多江が寝室に使っている和室の襖《ふすま》が開く音がした。敬一郎は紅茶をテーブルに運んでから、多江の後を追った。

「ちょっと気分がね」多江は、万年床になっている布団《ふとん》に仰向けに寝たまま言った。「大したことはないわ。阿佐子さんがね、座ってるとこのソファーの後ろのね、窓を見てたら急に目がまわっちゃって」

「どうして窓を見てたくらいで目がまわるんだよ」

雨よ、と多江は言い、力なく笑みをたたえながら深く息を吸った。「つー、つー、って軒先から規則正しく落ちてくるでしょ。あれを見てたら、なんだかね」

馬鹿だな、と敬一郎は言った。「いい加減にしてくれよ」

何故、そんな言葉しか出てこないのか、わからなかった。何か他に言いようがあるだろうに、と思うと自分に腹が立った。

階下に戻り、偏頭痛がするんだそうです、と彼は嘘《うそ》を言った。「若いころから頭痛もちでね。僕が子供のころもよく横になってたもんですよ」

雨のせいかもしれませんね、と阿佐子は眉をひそめた。「頭痛に効《き》く指圧を知ってるんです。よかったら私が……」

「いいんですよ」と敬一郎は立ち上がりかけた阿佐子を笑顔で制した。「そんなに気にしないでください」

「指圧は自己流ですけど、効くんですよ。それに頭痛薬を飲めばたいていは……」

「もう飲んだから大丈夫」やんわりとそう遮《さえぎ》って、敬一郎はいたずらっぽくつけ加えた。「それとも僕ひとりがお相手するんじゃ、不満かな」

「まさか」

阿佐子の頬に、それとはわからないほどかすかな赤みがさすのがわかった。冗談めいた質問に応えようがなくなって、ただ単に困惑したから顔を赤くしただけなのか、それとも別の意味があるのか……と考えながら、敬一郎は耳のあたりがぼんやりと熱くなってくるのを感じた。

ややあって阿佐子は言った。「おばさまは、お身体《からだ》はあまり丈夫ではないのかしら」

「どうして?」

「ううん、別に。食も細いみたいだし……ちょっとそんなふうに思っただけ」

「食って寝て、ブタになるよりはましですよ。食費もかからなくていい」

阿佐子はさも可笑《おか》しそうにひとしきりくすくす笑い、紅茶を口にふくむと、ゆっくりと飲みこんだ。彼女の白いなめらかな喉を通過していく紅茶の音がかすかに聞こえた。雨の音がその音に重なった。

「どうぞ、いろいろ質問なさってください」紅茶のカップをテーブルに戻すと、晴れ晴れとしたような声で阿佐子は言った。「不審に思ってらっしゃるでしょう? 囲われている女、だなんて、変ですものね」

敬一郎が曖昧《あいまい》に微笑み返すと、阿佐子はそれ以上に曖昧に微笑んで、天候の話でもする時のように、悪びれた様子もなく一息に言い放った。「私を囲っているのは、私のお見合いの仲人《なこうど》だった人なんです。父の医学生時代の同級生で……父は医者になったんですが、その人はお家の事情でお医者さんにはならずに、輸入会社を経営してます。もちろん奥さんも子供もいて……」

「わからないな。どういうことです」

「私はひとり娘なので、父はどうしても私を医者と結婚させたかったんですね。逃げ回っていたんですが、去年、とうとうお見合いさせられました。その時の仲人です」

敬一郎は笑ってみせた。「うん、そこまではわかりますよ。よくある話だ。でもだからといって、どうしてあなたがその仲人さんに囲われなければならないの？」

相手の人は、と言い、阿佐子は「お見合い相手の方は」と言い直した。「……病院に勤務している婦人科のお医者さんだったんですけど……父は大乗り気で、どんどん縁談をすすめちゃって。一度会っただけなのに、相手の方からも毎日、電話がかかってくるし、手紙をもらったり、花束をたくさん贈られたりして……全然、そういう気になれない方だったんで、気が変になりそうだった。困り果てて、父に内緒で仲人さんのところに相談に行ったんです。相談できる人は、その人しかいなかったから。何度か会社に電話して出て来てもらって、外で食事をごちそうになったり、車で遠出したりして……そうしてるうちにその方が……」

先を促すつもりで、敬一郎は黙っていた。阿佐子は小さなため息をついた。「私が悪かったのかもしれません。不用意に隙を見せたせいだ、って弟には言われました」

「弟さんがいるんですか」

「父の後妻……私の継母の連れ子です。父とはウマが合わなくて、医学部には進みませんでした。父とは今も犬猿の仲です」

敬一郎は後ろ頭を掻《か》いた。「それにしても、どういういきさつで？　あなたはその仲人さんのこと、そういう意味で好きになったわけじゃないんでしょう？　ただ単に、相談相手になってもらってただけなんでしょう？」

「私はその人と、今も身体の関係はないんですよ」阿佐子は驚くほどあっさりと言った。「ただ生活の面倒をみていただいてるだけなんです。あなたのお父さんを裏切るわけにはいかない、だから僕はあなたに指一本触れない、って、その人は言って……。初めはとっても信じられなかったけど、本当にその通りでした。父はもちろん、このことは知りません。知ったら悶死《もんし》するでしょうね、きっと」

「お医者さんのお嬢さんなのに……あなたは誰かに生活の面倒をみてもらわなくちゃいけなかったんですか。その必要はないでしょうに」

「私が縁談を断ったことで父が逆上しちゃったんです。継母からもさんざん厭味《いやみ》を言われて、居づらくなって家を飛び出してしまったものだから、本当に文無しでした。その人が私のためにマンションを借りてくれたのは、本当にありがたかった」

「それじゃあ、囲われている、と言うよりも、あなたのスポンサーだって言ったほうが正確だね」

「でも、生活費もお小遣いも全部、面倒をみてくれるのに、その人が部屋に来るのは月にせいぜい三回くらいなんです。来ても一緒にご飯を食べたり、ドライブしたり、買物に出たりするだけ。恋人を作ってもかまわない、ただし、僕はあなたから離れない……そう言ってます。私が誰かと結婚さえしなければ、今のまんまの状態を約束する、って」

へえ、と敬一郎は目を見開いた。「いまどき、そんな奇特な男がいるなんて、信じられないな」

阿佐子は、高貴な感じすらする誇らしげな笑みを浮かべた。「そういう清らかな囲われものにされて、私が喜ぶどころか、どれだけ傷つくか、その人は何もわかっていないんです。私はただ、彼のファンタジーのための道具に使われてるだけですから」

敬一郎は黙っていた。ゆっくりと紅茶を口に運んだ。紅茶は冷えきってしまっていた。

「もてすぎるんですね」彼は言った。「あなたと見合いをした医者も、あなたを諦《あきら》めきれずにいるんでしょう、きっと」

「どうかしら。わかりません」

「あなたには男が群がってくるんです。吸い寄せられるようにして。……もしあなたに不幸の種があるんだとしたら、それなのかもしれないな」

言いすぎた、と思ったが遅かった。阿佐子は応えなかった。黙ったまま、まっすぐに、挑戦的とも思える視線を彼に投げてきただけだった。

さっきまで多江が座っていた肘掛け椅子に座っていると、阿佐子の後ろの、庭に面したアルミサッシの窓が視界に入ってくる。規則正しく軒先から落ちてくる雨は、油のように重そうで、目が回るというほどではないにせよ、じっと見ていると気味が悪い。

「お願いがあるんです」阿佐子がソファーの上で、つと両膝をそろえながら言った。「いつか弟をこちらに連れて来てもかまいませんか。おばさまに会わせたいんです」

自分の実の母親がもしも生きていたら、多分こんな母親だったに違いない……血のつながらない弟に多江を会わせて、そう教えてやりたいのだ、と阿佐子は言った。

「いつでも連れていらっしゃい」敬一郎は言った。「弟さんとは仲がいいんですね」

阿佐子は唇を花のつぼみのような形にしながら微笑んだ。

「大歓迎しますよ。遠慮なく弟さんを連れていらっしゃい。土曜か日曜だったらいつでもいい。そうだな。なるべく早いほうがいいかな」

あと何日、母が元気でいられるかわからないから……思わずそう言いそうになり、敬一郎は鼻の奥が、つんと火照《ほて》るようにしびれるのを感じた。


多江は食欲を失ってからも、新鮮な甘えびと、食べやすいように細く切ったイカの刺し身だけは、喉の通りがいいと言って好んで食べた。食べすぎると必ず後で戻したが、それでも懲りることはなかった。

多江の家から車で国道に出て十分ほど。モーテルだのドライブインだのがひしめきあっている一角を左に折れて、さらに二キロほど行ったところに、どっしりと佇《たたず》む老舗《しにせ》の鮮魚料理店〝魚幸〟がある。多江は、とりわけその店の甘えびとイカを好んだ。

阿佐子が弟を伴って多江の家にやって来ることになった時、敬一郎がふと、阿佐子たちを誘って食事に行く気になったのは、まだかろうじて口から食べ物を摂取できる状態にある多江に、〃魚幸〃の甘えびとイカを好きなだけ食べさせてやりたい、と思ったからだった。

〃魚幸〃は、もと庄屋の屋敷だった建物をそのまま使って営業している店だった。苔《こけ》むした門を入ると大きな水車が回っていて、回遊式庭園になっている庭には、ひょうたんの形をした池があり、散歩がてら鯉の群れが悠然と泳ぐ様を眺めることもできた。

土曜日の午後一時。敬一郎が車で多江を〃魚幸〃に連れて行くと、水車の前で写真を撮り合っている男女の二人連れが目に入った。

阿佐子はすぐに敬一郎親子に気づいた。涼しげな白のシンプルなワンピース姿に紺色のハンドバッグ。薄化粧のうえ、アクセサリーはひとつもつけていない。そんな阿佐子のふっくらとした唇に、極上の宝石のような笑みが浮かんだ。

「早く着いてしまったんで、ぶらぶらしてたんです。素敵なお店なんですね」

「場所はすぐわかった?」

敬一郎がそう聞くと、阿佐子はどこか思わせぶりなうなずき方で「はい」と言ってうなずき、まぶしげに目を細めて彼を見上げた。敬一郎の胸に、マッチの炎ほどの大きさの火が灯され、それは多江を案じる気持ちの翳《かげ》りをかき消すようにして燃え広がった。

阿佐子は「弟の正実です」と言い、隣に佇んでいた若い男を敬一郎と多江に紹介した。

血がつながっていないと聞いていたものの、敬一郎には正実が阿佐子とよく似ているように感じられた。相似形のような美しさは、水車を背にして明らかにあたりの空気を変えていた。

ちょうど昼どきで、客の出入りの多い時刻だった。彼らの傍を通り過ぎていく客たちは、まるで虚を突かれたかのようにして阿佐子と正実を振り返り、賛美のまなざしを送った。

「また降りだしたら困るから、先に写真を撮りたいわ。おばさま、いいでしょう？　おばさまと一緒に記念撮影をしたくて、カメラを持って来たんです」

阿佐子から手渡されたのは、小型の扱いやすいコンパクトカメラだった。敬一郎がレンズを向けると、阿佐子は水車を背にして多江の腕に手をまわし、その骨ばった肩に甘えるようにして頬をうずめた。

阿佐子の健康的な、肉感的な身体の横で、多江の一まわり小さくなった細い身体が哀れだった。

何枚か同じ場所で撮ってから、ひょうたん形の池のほとりに二人を立たせ、シャッターを切った。正実がやって来て、「僕が撮りましょう」と言いながら、カメラに手を伸ばしてきた。「あちらに並んでください」

いや、僕はいいんだ、と敬一郎は言った。

「おいでよ」と多江が敬一郎を手招きした。「なんでいやがるのよ。一緒に撮ってもらいましょうよ」

三人で写真を撮ったら、真ん中にいる人は早死にする、という、あの小学生のころ耳にした根拠のない迷信を思い出した。

やめとくよ、と敬一郎は言った。多江を真ん中にしても、自分が真ん中になっても、阿佐子がなっても、いずれにしても、三人のうちの誰かが真ん中にならねばならない。

敬一郎はたまたま傍を通りかかった初老の夫婦に声をかけ、シャッターを押してもらえないか、と頼んだ。麻のジャケットを着た、多江より少し若く見える紳士が、「喜んで」と言いながら、くわえていた煙草《たばこ》を妻に手渡した。妻は地面にしゃがみこんで、火のついた煙草をもみ消し、吸殻を丁寧にティッシュペーパーに包んで、手提《てさ》げバッグの中にしまった。

カメラに向かい、池の縁に二人ずつ二列になるように並んだ。前列に多江と阿佐子。後列に敬一郎と正実。

「はい、撮りますよ。チーズ」

シャッターが押された瞬間、池の中で鯉《こい》が大きく飛びはねた。

なんだか縁起がいいですな、と言って、紳士が人のよさそうな笑顔を作った。「ご家族ご円満のところに、鯉がはねましたよ」

多江は別にしても、誰と誰が夫婦に見えるのだろう、と敬一郎は訝《いぶか》った。自分と阿佐子の組み合わせよりも、阿佐子と正実の組み合わせのほうが夫婦らしく見えたに違いなかった。それに、多江がこんな状態の時に、縁起がいい、などと言われると、かえって不吉な感じがする。

彼は礼を言って紳士からカメラを受け取ると、何も言わずにその場を離れた。

予約していた座敷に上がり、座布団に腰を下ろした途端、多江が正実をまっすぐに見つめながら、「あなたって、ものすごい男前なのね」と言った。

天井の高い、広々とした座敷だった。隣のテーブルとは大きな屏風《びょうぶ》で隔てられている。時折、ぼそぼそという人の声に混じって、サザエを焼く炭火のはぜる音が聞こえてくるだけで、あたりは静かだった。

「うん。すごいわよ。ものすごい美男だわ。へえ、驚いた」

褒《ほ》めちぎっている、と言うよりも、ずけずけと好きなことを言っている、といったふうで、正実は困惑したのか、照れくさそうに目を伏せるばかりだった。

「お仕事は何をしてらっしゃるの？」

「役者です」と正実は言った。繊細さを感じさせる顔に似合わず、野太く低い声だった。

「といってもまだ卵ですが」

さほど規模は大きくはないが、敬一郎ですらその名を聞いたことのある有名な劇団に入っていて、準主役に抜擢《ばってき》されたこともあるようだった。今度、公演があったら見に行かせてもらうよ、と横から敬一郎が口をはさむと、正実はきらりと澄んだ目を輝かせ、「お母さんとご一緒に是非」とあたりさわりなく言った。

甘えびとイカの刺し身が運ばれてきた。大きな青磁の丸い皿に彩《いろど》りよく盛り合わされた刺し身を見て、阿佐子は歓声をあげた。

あたしはこれに目がなくてね、と多江は言った。「ここに来ると、これしか食べないのよ。これだけで充分なの」

真先に箸《はし》をつけたのは多江だった。多江の箸が甘えびをわさび醤油にどっぷりと浸して、口に運ぶのを敬一郎は視界の片隅に眺めた。

おいしいね、と多江は誰にともなく言った。本当にそうなのかどうか。もぞもぞと多江の口が甘えびを嚙《か》んでいる。紙でも嚙んでいるのではないか、と思われるほど熱意のない嚙み方だったが、久しぶりにつけた橙色《だいだいいろ》の口紅はいつもより少し、多江の顔色をよく見せている。隈《くま》のできた目のまわりも、白粉をはたいたせいで、不健康な黒ずみが目立たなくなっている。何よりも、はじけそうなほど若く美しい青年とその姉の阿佐子を前にしているせいか、多江の背筋もぴんと伸び、若返ったように見える。

正実は無口な青年だった。誰かが話しかけない限り、めったに自分からは口を開こうとしない。だが、その沈黙はどこか、饒舌《じょうぜつ》な感じのする、安っぽい沈黙だった。

せいぜい役者にしかなれない男だな、と敬一郎は意地悪く分析した。勤め人はもちろんのこと、こいつは医者にもプロスポーツ選手にも、職人にも、教師にもなれない。何故か。傲《ごう》慢《まん》で社会性がゼロだからだ、と。

正実には、人の興味を引くような虚無的な雰囲気が漂っていたが、それは、あくまでもスポットライトを浴びた舞台の上だけで成立する、青くさい虚無だった。社会に出たら、いっぺんに叩きつぶされるであろう、ポーズに過ぎない虚無……。

だが、そんな正実を見る阿佐子の目には、信頼、感謝、情愛、安堵が満ちていた。どうしてそんな目をして、こいつのことを見るんだ、と敬一郎は嫉妬《しっと》にも似た気持ちに駆り立てられた。阿佐子の目は彼に、巣箱の中で雌鳥が番《つが》いの相手に見せる目を連想させた。

敬一郎はビールをすすめ、車で来ていますから、と断る正実に、「僕もだよ」と怒ったように言って、了解を得ずにビールを注文した。グラスが四つ運ばれて来たが、彼は黙って多江の分を盆に戻し、三人分のグラスになみなみとビールを注いだ。

皆の食欲と調子を合わせることのできない多江は、そのことを気づかれないようにするためか、よく喋《しゃべ》った。ひとしきり、死んだ夫がどんな男だったか、敬一郎が子供のころはどんな子供だったか、あれやこれやのエピソードをまじえて罪のない話を続けたかと思うと、次に料理教室を開いていた時の話になり、そうかと思うと、薔薇の剪定《せんてい》の仕方にまで話が飛んだ。

「それにしてもいいもんだわねえ」と多江は細く切ったイカの刺し身をほんの一本、箸でつまんでぶらぶらさせながら言った。「ほんとにきれいだわよ、あなたたちは。ねえ、正実さん、こんなに美人のお姉さんがいて、あなたも自慢でしょう」

「困ることもありますよ」

「どうして？」

「友達に紹介すると、みんなが姉に言い寄って来て、収拾がつかなくなるんです」

「じゃあ、そういう時は、あなたがお姉さんを管理して、誰とつきあったらいいか、教えるわけ？」

「僕は女衒《ぜげん》じゃないですから、そこまではしませんけど」

「驚いた。あなたみたいに若い人でも、ゼゲン、だなんていう古い言葉を使うのね」

阿佐子は二人の会話を微笑みながら聞いている。隣のテーブルと同じ、サザエの炭火焼きが運ばれて来た。菜箸《さいばし》を使って、焼き加減を見始めたのは正実だった。

ごつごつと骨ばってはいるが、正実の手はつややかなオリーブ色をしていた。しっとりと潤っているのではないか、と思わせるほど光っている。

敬一郎は、正実のその手が、器用にテーブルの上を動きまわり、阿佐子や多江のために醬油を取ってやったり、畳をこすったり、長く無造作に伸ばした彼自身の美しい前髪をかき上げたりするたびに、否応《いやおう》なく視線が吸い寄せられていくのを感じた。

彼はその手が、隣に座っている阿佐子の髪や肩、背、うっすらと金色の産毛《うぶげ》が光っているなめらかな腕に触れる様を思い描いてみた。何故、そんな馬鹿なことを想像するのか、わからなかったが、やめることはできなかった。

正実の手はまず、阿佐子の白いワンピースの裾から、畳の上に斜めに投げ出されている足に触れる。そして腰の線をなぞり、背中を這《は》い、やがて尺取り虫のように指を伸ばしたり縮めたりしながら、形のいい胸のふくらみを求めつつ、移動していく。

その際のねばりつくような手の動きが、あたかも大スクリーンで見る官能的なシーンのように、敬一郎の脳裏にまざまざと映し出された。吐き気にも似た、うしろめたい悦《よろこ》びが彼を満たした。彼は危うく声を上げそうになって、思わず隣の多江を見た。

多江がさっきまで箸でつまみ上げていたイカの刺し身は、いつ戻されたものか、わさび醬油の入った小皿の中に、死んだミミズのようになって浮いていた。

「もういいのか」敬一郎は多江に小声で聞いた。

「何が？」

「もう食べないのか、って聞いたんだよ。甘えびをもう少し頼もうか」

「あたしはもうお腹いっぱい。これ以上、入らないよ」

「おばさまはほんとに少食ね」阿佐子が言った。「私の半分も食べないんだから」

「年をとるとね、胃が小さくなっちゃうのよ。おいしいもんをほんの少し食べるのが一番なの」

サザエが焼きあがり、若い正実のために敬一郎が注文しておいた焼魚が運ばれ、最後に茶そばが出た。多江はその一切に口をつけなかった。

ひととおり食事がすみ、阿佐子が化粧室に立ち、正実がどこかに電話をかけに行って親子ふたりになった時、多江は気もそぞろといった様子で、持って来たハンドバッグから白いガーゼのハンカチを取り出した。

「あたしだけ、先に外に出ててもいいかしらね」

「どうしたんだ」

「そろそろお会計すませて、帰るころだものね。かまわないわよね」

「だから、どうしたんだ、って聞いてるんだよ」

多江は白茶けたような顔をしたまま、いたずらを告白する子供のように、うっそりと笑った。

「焼いたサザエの匂いがね、ちょっときつかったのよ。昔は大好物だったのにね。変だわね」

立ち上がって、背を丸め、多江が畳をこするように歩いて行った。

悪かったな、と敬一郎は、多江に背を向けたまま言った。「無理して外に食べに来なくたって……」

後の言葉が続かなくなった。みんなで外で食事をしたいと思ったのは、もしかすると母親のためではなかったのかもしれなかった。まさにこの自分が、阿佐子と外で食事をしてみたい、と思ったから、そうしたに過ぎないのかもしれなかった。そう考えると、いたたまれなくなった。

「何言ってんのよ。おいしかったよぉ、甘えびもイカも。満足したわよ」振り返った多江が朗らかに言った。

嗚咽《おえつ》がこみあげた。喉もとで小さな丸い爆薬が破裂したかのような嗚咽だった。

彼はくすぶっている炭を割り箸の先で烈しく突いた。そして、舞い上がる灰にくしゃみをこらえているふりをしながら、くそ、と低くつぶやいた。

多江の状態が急激に悪くなったのは、七月に入って二週目の水曜日だった。敬一郎は会社を休んで病院に付き添った。

ほぼ予測がついていたものか、担当医は敬一郎相手に再入院を指示してきた。すでにこれといった治療の道は残されていないが、自宅ではケアしきれない苦痛緩和を試みる余地は充分ある、という。

だが、あいにくその日、病院のベッドは塞《ふさ》がっていた。入院は翌日から、ということになり、容体が緊急を要するほどではなかったので、敬一郎は一旦、多江を連れて家に戻った。

歩くのもおぼつかない、といったふうの多江は、二階の自分の寝室に行くのに階段を上がるのもいやだと駄々をこねた。敬一郎は多江を抱き上げて、二階まで連れて行った。多江の身体は綿のように軽かった。

午後になって空が怪しくなり始めたと思ったら、まもなく遠くで雷鳴が轟《とどろ》き、ばしゃばしゃと庭の木の葉をたたきつける烈しい雨が降りだした。

阿佐子が訪ねて来たのは、そんな時だった。久しぶりに渋谷に出て映画を観てきたので、帰りにおばさまと一緒に食べようと思い、冷たいあんみつを買って来た、と言う。

手にした傘から雨滴を滴らせ、阿佐子は玄関に入って来るなり、はずんだ息の中で「すごい雨」と言った。すぐ近くにいた敬一郎には、阿佐子の息の匂いが嗅ぎとれた。透明な薄荷水のような、甘い匂いだった。

明かりをつけずにいた玄関は仄暗《ほのぐら》かった。その薄闇の中で腰をかがめ、脱いだ靴をそろえながら、阿佐子はふいに気づいたのか、「敬一郎さん、今日は会社はお休み?」と聞いた。

「ちょっとね、おふくろを病院に連れてったから」

阿佐子はかがめていた背を伸ばし、静かに彼と向き合った。「おばさまがどうかなさったの」

稲妻が走り、玄関ドアの小窓が小さく青く光った。雷鳴が轟いた。雨の音がいっそう強くなった。

白いTシャツに黒のコットンパンツ、黒のサマージャケットといういでたちの阿佐子は、敬一郎に生々しいほどの生命力を感じさせた。二階に上がる階段は、玄関脇にあった。この階段を上がったところに、いま、生命の火が消えかけている女が寝ている、と思うと、そのあまりの落差にめまいがするほどであった。

敬一郎は階段のほうに、鈍重な視線を走らせた。もう隠しておく必要はないだろう、と思った。多江はまもなく、阿佐子と一緒にあんみつを食べるどころか、話をすることもできなくなる。

入って、と言い、彼はそっと阿佐子の腕をとった。「あなたに話しておきたいことがあるんだ」

「何？」

「ここじゃ話せない」

阿佐子を連れて居間に入り、居間のガラスドアを閉めた。来るといつも阿佐子が座るソファーに阿佐子を座らせ、敬一郎は正面の肘掛け椅子に腰をおろした。

開け放しにしておいたサッシ戸の外で、雨が烈しい飛沫をあげている。庭は煙り、濃い霧に包まれてしまったかのように木々やフェンスの輪郭があやふやになっている。

阿佐子は敬一郎の言葉を待って、食い入るように彼の唇を見ている。あたりは雨の音に包まれ、それ以外、何も聞こえないほどだというのに、彼には阿佐子の切れ長の目が、不安げに瞬きを繰り返す、その睫毛《まつげ》の音すら聞き分けられるように思った。

「隠してて申し訳なかった。別にごまかすつもりはなかったんだ。いつかは教えるつもりだった。でも、せっかくのあなたの気持ちと、それを受けるおふくろの気持ちを壊したくなかったから、だから……」

おふくろはね、と言い、敬一郎は少し腰を動かして不器用に微笑んでみせた。「残念だけど、あと少ししかもたないんだよ」

「……何の話?」

阿佐子は黙っていた。敬一郎は一呼吸おいてから、病気の説明をした。話すことはあまり多くなかった。一通り話し終えると、敬一郎は口を閉ざした。

阿佐子の視線がわずかに揺れた。みるみるうちにその目に涙がたまった。

「あなたの気持ち、よくわかるよ」彼は言った。「このまんまずっと元気でいてくれれば、あなたにとってもよかっただろうに」

閃光が室内に走った。底知れないほど青い閃光だった。雷鳴が轟いた。地響きが伝った。陶製の天井が割れて、崩れ落ちてきた時のような音だった。

阿佐子は顔を歪《ゆが》め、小刻みに首を横に振り、握りしめたこぶしを口にあてがった。湿った風をはらんだカーテンが大きくふくらんだ。雨が飛沫となって室内に吹きつけた。

敬一郎は立ち上がり、窓を閉めた。外の音が遠のいた。

ソファーの阿佐子の隣に腰を下ろした。またもや稲妻が光った。部屋の中が水色に染まった。こらえようのない悲しみが彼から理性を奪った。

阿佐子の肩を強く抱き寄せ、敬一郎はしゃにむに彼女の身体を抱きすくめた。阿佐子の身体は、水を含んだスポンジのように柔らかく重かった。わずかに抵抗を見せる彼女の背をさすり、髪の毛を撫で、首すじに唇を押しつけた。欲望が彼の中で火を噴いた。

どうしてこんな時に、と思うのだが、どうしようもなかった。彼は喘《あえ》いでいた。醜い喘ぎ声だ、と思ったが、それすらもどうすることもできなかった。

阿佐子の顔を両手でくるみ、急《せ》かされるような思いにかられながら、その唇に接吻した。固く閉じていた阿佐子の唇がわずかに開いた。受け入れてくれたのかどうなのか、わからなかった。阿佐子はされるままになっていた。

長いだけの、空しい接吻が続いた。自分がしていることが何なのか、敬一郎にはわからなくなった。

やおら阿佐子が顔を大きく歪めて、身体をよじった。彼の胸は彼女の両手で押しのけられた。阿佐子はソファーから転げ落ちるようにして床に降りた。

着ていた黒いジャケットの裾がめくれあがった。今しがた受けた接吻が理解できない、と言わんばかりに、彼女は彼を睨《にら》みつけ、手の甲を唇にあてがった。

「わからないわ」涙声がそう言った。「こんな時に、どうしてそんな……」

それとこれとは別の問題なんだ……そう言おうとして、敬一郎は思いとどまった。別の問題？　そうではないのかもしれない。自分にとっては同じ問題なのかもしれない。

獣のような気持ちと、しんと静まり返った水のように冷たい気持ちとが彼の中で交錯した。うめき声をあげたい衝動にかられた。彼は奥歯を嚙みしめた。

阿佐子は、ソファーの下、彼の足元にうずくまったままだった。家全体が雨の音と雷鳴に包まれている。二階は静かで、ことりとも音がしない。二人で水の底に沈んでいるかのように、部屋の天井が青白くかすんで見える。

敬一郎はソファーに座ったまま前かがみになり、そっと手を伸ばして、足元にいる阿佐子の頭に触れた。乱れた髪の毛の中に指を差し入れ、柔らかな温かい頭皮を撫でた。

阿佐子がふと顔を上げた。彼は涙で濡れた頰に指を這わせ、その唇の縁をなぞった。それとはわからないほどかすかに、阿佐子の唇が動いた。阿佐子は目を閉じたまま、彼の指を軽くくわえた。

彼はずるずるとソファーから腰をすべらせるようにして床に降りた。そして、ソファーとセンターテーブルとの間にできた狭い空間の中で、もう一度、静かに阿佐子を抱きしめた。阿佐子の豊満な身体が、彼を慰めるかのように両腕の中でふくらんでいくのが感じられた。

おふくろはもうじき死ぬんだ、と彼は思った。ふいに、突き上げてくる悲しみが敬一郎を襲い、彼は阿佐子の首すじに顔を押しつけた。

嵐はまもなく過ぎ去り、夕方になってからぎらついたような強い日差しが照りつけた。

阿佐子が出て行ってから、どのくらいの時間が過ぎたのかわからなかった。うたた寝をしていたのか、意識を失っていたのか、それすらもわからない。

ソファーに仰向けに寝ていた敬一郎は、気配に気づいて首を上げた。多江が寝乱れた寝巻姿のまま、居間の入口に立っているのが見えた。

庭の濡れた樹木に照りつける光が、窓ガラスを通して部屋の壁という壁に乱反射している。多江は眩《まぶ》しそうに、色つやの悪い顔をしかめた。

「さっき誰か来てた?」

「阿佐子さんだよ」

「何時ごろ?」

「一時過ぎだったかな」

「帰しちゃったのね」

「仕方ないだろ」

「……何て言ったのよ。あたしのこと」

それには応えず、敬一郎は身体を起こし、前かがみになって両手で顔をこすった。「寝てろよ。入院の準備は俺がするから」

多江は藁《わら》のように見える白くなった髪の毛に手をあてがって、するりと室内に入って来ると、音もなくソファーの後ろに立った。

「すごい雨だったたね」

「ああ」

よっこらしょ、と多江は掛け声とも思えない、力のない掛け声をかけ、ベランダに通じる網戸を開けた。

「何するんだよ」

「大雨で大丈夫だったかな、って思って」

「何が」

「山薄荷よ。阿佐子さんがくれた……。あれ、大事に育ててたから」そう言いながら、多江はだるそうに肩で息をしながら庭を見わたした。

阿佐子が園芸市で買ってきた山薄荷は、多江の手によって庭に植え替えられた。根つきがよく、すくすく育っていたようだが、ここのところ、敬一郎は多江のことにかかりきりで庭に降りることもなかったから、どうなったのかはわからない。

「ねえ、あんた、見て来てよ」多江が庭に目を向けたまま、ぼんやり言った。

敬一郎は身体を起こし、ベランダに出て、男物のサンダルをつっかけた。狭い庭である。死んだ父も庭いじりが好きだった。おかげで庭は、整備の行き届かない植物園のように、雑多な草花や木であふれ返っている。

多江の病状が進行するのと比例して、雑草が増えていった。もはやどれが雑草で、どれが園芸品種なのか、敬一郎にはその区別すらつかない。

露に濡れた草をかきわけた。草いきれがした。覚えのある山薄荷が姿を現した。

「あるぞ」と彼は声を張り上げた。「全然、つぶれてなんかない。元気元気。倍に伸びてる」

そう、よかった、と多江は言った。「変なこと聞くけどさ」

「え？」

「あんた、阿佐子さんのこと、どうなのよ」

「どう、って何が」

「いいと思ってるんじゃないの？」

「何を馬鹿なこと言ってんだよ。くだらない」

多江は短く、ふふっ、と笑った。「あたしのことが済んだらさ、まじめに考えてみればいいよ」

強烈な光に満たされた庭に、雨あがりの土の匂いがたちこめている。むせかえるような草いきれの中から、かすかに薄荷の香りが立ちのぼってくる。

阿佐子の息の香りを思い出した。薄荷とよく似た香りだった。悲しみがこみあげた。瑞々《みずみず》しく息づいている薄荷の葉を両手でくるみこみながら、敬一郎は多江を振り向くことができなくなった。

春の風

阿佐子35歳

ドアを開けると、雪の匂いがなだれこんできた。甘く冷たい薄荷水《はっかすい》のような匂いの中に、阿佐子が立っていた。

卵色の、立《た》ち襟《えり》になった品のいいコートを着て、黒革の手袋をはめている。かかとの高いブーツをはいているのだが、上背のある花村藤夫《はなむらふじお》と向かい合って立つと、年端《としは》のいかない少女のように小さく見える。

「やっと会えた」と阿佐子は吐く息の中で言った。「何度電話しても通じなかったでしょう。心配で心配でたまらなかった」

帰ってくれ、と言おうとした。この瞬間こそ、そう言うべきだと思った。だが、どうしても言えなかった。

ひとたび阿佐子の顔を見てしまうと、彼の中から鬼が姿を消してしまう。悲壮な決意も揺らいでしまう。

「ごめんなさい。こんなに夜遅く。どうしても会いたくなって……」

駅から歩いて来た様子だった。手にした花柄の折り畳み傘から、溶けた雪が流れ出し、アパートの外廊下に小さな水たまりを作った。

深夜十一時。たった一人、阿佐子が雪の中を歩いて自分に会いに来てくれた。会いたかった、と言ってくれた。これほど嬉しいことはないというのに、その嬉しさが同時に藤夫を地獄の底にたたきつける。

阿佐子が表現する愛情はすべて、彼の中の猜疑心《さいぎしん》を刺激した。猜疑心は不安を生み、不安は悲しみを生み、さらに悲しみが絶望を生む。絶望は彼を切り裂く。いたたまれなくさせる。なんとかして、今の自分の状態を理解してもらいたいと思うのだが、いくら努力しても藤夫は、阿佐子を納得させることができない。言葉足らずなのはわかっている。気持ちばかりが先走り、結局、何も言っていないのと同じことになってしまうのもわかっている。とはいえ、いったいどんな言葉を使って、どんなふうに説明すればいいのか、藤夫には見当もつかない。

教養も、金も、約束された将来も何もない、貧しい家庭に生まれた醜い大男でしかない自分のもとに、阿佐子のように美しく育ちのいい女が、本気で来てくれるはずはなかった。「愛してる」と本気で言ってくれるはずもなかった。すべて嘘《うそ》であり、ただの哀れみであり、何かのごまかしであり、阿佐子自身ですら気づかない、ひとときの夢でしかないはずであった。

そう信じていたほうが、気が楽になる、と知って以来、藤夫は阿佐子に冷たくあたることを自分に課した。会いたい、と言われれば、用がある、と言って即座に断る。電話は常時、留守番電話にしている。勤め先に阿佐子から電話がかかってきたら、居留守を使う。むろん、阿佐子の店にも顔を出していない。

阿佐子からは数通の長い手紙が来たが、読まずに台所の流しで焼き捨てた。手紙を焼く時は、自分の身が焼かれるような苦痛を味わったが、それも致し方なかった。もう限界だった。

藤夫が玄関先に黙って立ち尽くしていると、阿佐子は「入ってもいい？」と聞いた。

彼は応《こた》えない。阿佐子を見下ろし、無表情にその美しい顔を眺めていることしかできない。蠟《ろう》のようにきめの細かい肌は、雪の中を歩いて来たせいか、わずかに赤みがかって、なおのこと美しかった。あんないい女だもんな、とっくに押し倒したんだろ？　とにやにやしながら聞いてきた同僚がいる。その時のことを思い出すたびに、あの野郎、殴り殺してやればよかった、と藤夫は思う。

阿佐子は特別な女だった。押し倒すだの、やりまくるだの、下衆《げす》な連中の考え出しそうな言葉を思い描いただけで、汚らわしさに藤夫は吐き気を覚える。

だが、本当にこれ以上、どうすればいいのか、藤夫にはわからない。このままいけば、阿佐子を愛するあまり、気が狂って、廃人になっていく自分が見えるような気がする。

「悪いけど」と彼はブーツを脱ぎ始めた阿佐子に向かって言った。「このまま帰ってほしいんだ」

阿佐子はブーツのファスナーにかけていた手をとめ、彼を振り返った。目に恐怖の色が宿っていた。

「ごめん」藤夫は繰り返した。「帰ってくれ」

阿佐子は小さな、聞き取れないほど低い声で聞いた。「どうして?」

阿佐子はいつも理由を求める。どうしてそんな冷たくなってしまったの? どうしてあなたは以前と変わってしまったの? ごまかさないで、本当のわけを教えて……。

答えられることなど何ひとつない。俺はあんたに惚《ほ》れている、でもあんたは俺のことなんか愛してやしないんだ……馬鹿の一つ覚えのように、そう言い続けて二ヵ月が過ぎた。言えば言うほど、阿佐子はいきりたったように繰り返す。私はあなたのことをこんなに愛してるのよ、あなたしかいないのよ、わかってくれるでしょう? あなただけなのよ、あなたを愛してる、愛してるの、愛してるんだから、と。

「どうして?」ともう一度、阿佐子は聞いた。「私はもう、ここに来ちゃいけないの?」

阿佐子の唇が小刻みに震え出し、小鼻がひくひくと子ウサギのそれのように動いた。非の打ちどころがないほど美しい目に涙があふれ、静かに頰を流れ落ちた。

胸を抉《えぐ》られるような思いにかられながらも、藤夫は言った。「何度でも言うよ。あんたはね、俺のことなんか、これっぽっちも愛しちゃいないんだ。俺にはわかるんだよ。たまたま今、他につきあってる男がいないから、そう言ってるだけなんだよ。愛してるだの何だの、って、きれいな言葉を百万遍言われても、俺には信じられないんだよ。だからこうやって会いに来られるのも、俺にとっちゃ迷惑なんだよ」

ふいに阿佐子は姿勢を正し、正面から藤夫を見据《みす》えた。うるんだ瞳が光を失い、顔が黒い小さな沼のような闇に包まれた。

「どうすれば信じてもらえるの?」彼女は言った。囁《ささや》くような声だった。「教えてちょうだい。何をすれば信じてもらえるの?」

その、すがるようなまなざしに、危うく抗しきれなくなりそうになるのを覚えながらも、藤夫はそのまなざしにすら嘘がある、と思った。憎悪にも似た怒り、説明のつかない暴力的な気持ちが彼を襲った。烈しく、たけり狂うような感情が、彼の中で堰《せき》を切ってあふれ出した。

「殺してくれよ」彼は低い声で言った。「もう俺も疲れた。俺を殺せば刑務所行きだ。それでも俺を殺してくれるんだったら、あんたの言うこと信じるよ」

一瞬の沈黙の後、奇妙な静けさが二人の間に舞い降りた。阿佐子はもう泣いていなかった。彼女は凛《りん》とした表情で、いま一度、彼を見つめると、低いが澄んだ声で「わかった」と言った。

花村藤夫が勤める水道設備店「金井商会」は、横浜市郊外の私鉄沿線にある。従業員は経理や総務の女性たちを含めて十八名。近隣の住宅や学校施設の、水まわりの工事や水道の敷《ふ》設《せつ》、管理を行うのが主な仕事である。

とりたてて腕がいいというわけでもないのだが、実直な仕事ぶりと真面目な人柄をかわれ、藤夫は社長夫妻から可愛がられていた。

駅の近くに新しく、すてきな珈琲店《コーヒー》ができたわよ、と藤夫に教えたのは、藤夫を身内の一人のように思ってくれている社長夫人の金井和代《かずよ》である。

「おまけにね、そこのママがとびっきりの美人なの。若く見えるけど、三十代の半ばらしいから、藤夫ちゃんよりも五つ六つ年下ってとこね。目の保養だと思って、一度覗《のぞ》いてきたらいいわよ」

和代から、いたずらっぽい口調でそう言われ、ちょっと覗いてみる気になったのは、美人のママを見たいと思ったからではない、藤夫が大のコーヒー党だったからである。

藤夫が中学を卒業する年に、父親が多額の借金を残して急死した。母親は住み込みの働き口を見つけてきて、二人の弟のうち、末の弟と一緒に寮住まいを始めた。もう一人の弟は遠い親戚に預けられた。

藤夫は進学を断念し、担任教師の紹介で信用のおける建設会社に就職した。まだ十代だったこともあり、まともな仕事も与えられず、朝から晩までこき使われるだけだった。働いても働いても、手にした給料は父が残した借金の返済に消えていった。

彼が二十五になった年、苦労を重ねた母親が車にはねられ、死亡した。皮肉にも母の生命保険金で父の借金は相殺《そうさい》された。それを機に、藤夫は建設会社に辞表を出した。

　二ヵ月ほどぶらぶらした後、たまたま社員を募集していた「金井商会」の広告を新聞で見つけて面接に赴《おもむ》いた。身体がでかいなあ、どのくらいある、と面接の際に社長に聞かれ、身長百九十センチ、体重は九十キロです、と答えた。居合わせた社長夫人の和代が、「プロレスラーみたいだわねえ」と感嘆の声をあげた。

　身体が大きく丈夫だからか、あるいは苦労が身についている分だけ、まじめでおとなしく、どんな仕事も厭わずにやるからか、藤夫は周囲に重宝がられ、時には損な役回りを引き受けながらも、四十歳になる現在に至るまで、こつこつと働き続けてきた。

　友人もおらず、女性とも無縁の人生だった。中年になっても消えないニキビ跡が黒々と残る大きな顔。糸《いと》のような細い目とあぐらをかいた鼻。二切れの色の悪い鱈《たら》の子が貼りついているように見える、ぶ厚い唇。口下手で、気のきいた冗談も言えず、間違ったことを言いたくないので黙っていれば、無愛想だ、薄気味悪い、と非難される。

　数年前、近所で幼児強姦殺人事件が起きた際、警察は真先に彼を取り調べた。あまりの侮辱に身体が震えたが、それでも彼は黙っていた。我がことのように怒り狂いながら彼の人柄のよさ、まじめな仕事ぶりを警察に訴え、事件当日の彼のアリバイを完璧に立証してくれたのは、「金井商会」の社長夫妻だった。

　休日はたいてい一人で過ごす。趣味は、草花を育てることと、山歩き、そして旨《うま》いコーヒーを飲むこと。一滴も酒が飲めない体質なので、仕事が終わると真先にコーヒーが飲みたくなる。新しい店が開店したと聞けば、すぐに行ってみて味を確かめるのも楽しみの一つである。

社長夫人の和代から教えられた珈琲店『麻《あさ》』は、駅前に新しくできたビルの二階にあった。木彫りのカウンター席と、大きな楕円のテーブル席が幾つか。天井と壁は白の漆喰《しっくい》で、焦げ茶色の太い梁《はり》がむきだしになっている。店内に低く流れているのは、藤夫の知らないクラシック音楽ばかりで、音楽に耳を傾けながらおとなしくコーヒーを飲んでいる客もまた、藤夫と縁のなさそうな階層の人間ばかりだった。

テーブル席が満席だったので、仕方なくカウンター席についた。五月の、夏を思わせるほど暑い日だったが、仄暗《ほのぐら》い照明の店内は涼やかで、カウンターの細長いテーブルは触れるとひんやり冷たかった。

注文を取りに来たのが阿佐子だった。白いブラウスに黒のタイトスカート。顎《あご》のあたりで無造作にカットされただけの髪形も控えめで、うっすらとさした口紅以外、化粧も目立たない。イヤリングもつけず、ネックレスもブローチもなく、装いそのものが何もかも慎ましいというのに、阿佐子はそこにいるだけであたりの空気を変えてしまうほど美しかった。

藤夫は今も、阿佐子と初めて会ったあの瞬間の衝撃をはっきり覚えている。

口をぽかんと開け、瞬きひとつせずに阿佐子を見つめながら、彼は信じられないことに、今にも涎《よだれ》をこぼしそうになった。糸をひいてこぼれそうになった涎にいち早く気づき、危ういところで口に手をあて、咳払《せきばら》いをするふりをしてみせたからよかったが、あと少し遅かったら、阿佐子に醜態を見られていたかもしれない。

彼はメニューを見もせずに、阿佐子に目を吸い寄せられたままの恰好《かっこう》で、キリマンジャロを注文した。

声が震えて聞き取りにくかったせいだろう、阿佐子は「は?」とカウンター越しに身体を乗り出すようにして聞き返した。清潔そうなシャンプーの香りが藤夫の鼻をくすぐった。

「あの……キリマンジャロをください」彼はもう一度、繰り返した。

かしこまりました、と阿佐子は言い、彼に向かって微笑《ほほえ》みかけた。店の雰囲気になじまないような、どこか素人《しろうと》くさい、真剣で不器用な微笑み方だった。

カウンターの中には、阿佐子の他に男が一人いた。テレビで見かける美男俳優のような顔をした長身の男だった。夫婦ものだろう、と藤夫は思った。

客の注文を取ったり、レジで釣銭を渡したり、カップを片づけたり、時折、客から話しかけられて愛想よく答えたりしているのは阿佐子で、男はおし黙ったたままもくもくとコーヒーをいれるだけだった。白いワイシャツの胸もとのボタンを二つはずし、黒い細身のジーンズをはいて腰に布の大きなエプロンを巻きつけている。肩に届くほど伸ばした髪の毛には柔らかなウェーブがついており、伏目がちな目は、影のような濃い睫毛《まつげ》で縁取られ、美しい阿佐子と並ぶと、二人はどう見ても、腹立たしいほど似合いであった。

いっとき、客が引いた。カウンター席にいるのは藤夫だけとなった。長髪の男は、何か用でもあるのか、奥に引っ込んで行った。

目の前に阿佐子が立った。これといってすることがなくなったようで、ぼんやり店内を見回している。

藤夫は思い切って話しかけた。「すてきな店ですね」

阿佐子は彼を見つめ、ぱちぱちと目を瞬いた。「ありがとうございます。そうおっしゃっていただけると嬉しいわ」

「ご夫婦でこんなしゃれた店を経営できるなんて、いいですねえ。羨《うらや》ましいな。僕なんか、この年で独り者ですから」

「いえ」と阿佐子は言い、恥じらうように小首を傾《かし》げて微笑んだ。「私たち、夫婦じゃなくて姉弟なんですよ」

へえ、と藤夫は言った。夫婦ものではない、と知って、ほっと安堵するような気持ちにかられたのが、自分でも不思議だった。

聞きたいことが山のようにあったが、どう切り出せばいいのか、わからなかった。第一、初めて会った女に向かって、あれこれ質問を飛ばせるほど彼は世馴れしていなかった。藤夫は空になりかけたコーヒーカップをもう一度、口に運び、底のほうに残っていた液体を流しこんだ。

話の接《つ》ぎ穂《ほ》を作ってくれたのは阿佐子のほうだった。「ご近所にお住まいですか」

「あ、はい。そうです。ここから歩いても十分くらい。線路のあちら側です。勤め先もこの近くで……実はこの店のこと、勤め先の社長の奥さんから聞いたんです」

彼は自分が「金井商会」に勤めていることを阿佐子に教えた。阿佐子は顔を輝かせ、そういえば開店の日に金井商会の名刺を持ったご婦人に真先に店に来ていただいた、よく覚えています、そうですか、あの会社で働いてらっしゃるんですか、と言って親しげな笑顔を作った。

だが、話はそこで途切れてしまった。店の奥から阿佐子の弟が戻って来た。阿佐子が弟のほうを見て微笑んだ。弟も阿佐子に微笑みかけた。唇に滲《にじ》んでいくように見える、不思議な微笑み方だった。

「コーヒー、うまかったです」と藤夫は言って立ち上がった。「また来ます」

是非、と阿佐子は言い、代金を支払おうとした彼をその場に待たせて、手元の小箱から名刺を取り出した。「お店をやるのは初めてなんです。いろいろ不慣れなもので、ご迷惑をかけると思いますが、今後ともよろしくお願いいたします」

渡された鶯《うぐいす》色《いろ》の名刺には、店の住所と電話番号と共に、『珈琲専門店〝麻〟木暮阿佐子』と印刷されてあった。

藤夫は大慌てで着ていたジャンパーの内ポケットをまさぐり、札入れの中に自分の名刺を探した。「すみません。あったと思ったんですけど、ないみたいだな。あの……俺、金井商会の花村といいます。花村藤夫。柄にもない名前だ、って皆に言われてます」

「どうしてですか」

「藤の花が咲く季節に生まれたもんで、藤夫なんて名前をつけられたんですけど、なんだかね、この図体のでかさに名前が合ってないでしょう」

阿佐子はくすくす笑いながら、「そんなことありません」と言った。「すてきなお名前だわ」

店を出てから藤夫は、阿佐子がただの一度も、自分のことを胡散臭《うさんくさ》そうな、嫌悪感のこもった目で見なかったことを思い出した。

たいていの女は藤夫を見ると、口では愛想よく応じながら、生理的に受けつけない、と言わんばかりによそよそしい態度をとる。不気味な痴漢《ちかん》、強姦魔《ごうかんま》でも見るような目で見られたことも一度や二度ではない。

あの人は優しい人なんだ、と思うと藤夫の中に暖かなものが広がった。そしてその瞬間、すでに彼は木暮阿佐子に恋をしていた。

藤夫は、毎日のように『麻』に行くようになった。

仕事が早く終わった日は、一人で慌ただしく夕食をすませてから『麻』に行き、閉店ぎりぎりの八時までカウンター席に座っている。どうしても閉店時間に間に合わない時は、翌日の昼間、昼食時をねらって仕事先の現場を抜け出し、十五分でも二十分でもいいと思って、遠くからでも『麻』に駆けつける。

『麻』が休業するのは毎週日曜日だったから、日曜日は悪夢のような一日になった。朝から晩まで阿佐子のことが頭から離れない。藤夫は日曜ごとに山に行き、くたくたに疲れるまで歩きまわった。

毎日通ってくる藤夫に、阿佐子はまもなくうちとけて、彼が行くたびに親しげに話しかけてくれるようになった。お愛想で聞いてくれているに過ぎないとわかっていて、水道設備に関することをあれこれ質問されるたびに、藤夫は嬉しくなった。阿佐子は熱心に相槌《あいづち》を打ちながら、彼の答えに耳を傾けた。

彼女に何を聞けばいいのか、わからなかったので、藤夫は時々、店内に流れている音楽について阿佐子に質問した。聞いたこともないような横文字で作曲家や曲名を口にされた時は、知ったかぶりをせずに、その場で紙に書いて教えてもらった。

『麻』からの帰り、ＣＤショップに立ち寄り、阿佐子から聞いた作曲家のＣＤを探すのが彼の楽しみにもなった。アパートに戻ると、買ったばかりのＣＤをかけながら万年床で大の字になる。部屋中に『麻』の雰囲気が甦《よみがえ》る。店でしか会ったことのない阿佐子と、どこか店の外で会い、食事をしたり、散歩をしたりしている自分を思い描きながら、時折、彼は知らず枕を抱き寄せて、汗くさい自分の匂いの中に顔を埋め、接吻のまねごとをしてみたりするのだった。

藤夫の仕事が早く終わり、店でゆっくりできる日は、阿佐子は決まって彼に自家製チーズケーキをサービスしてくれた。一口で食べ終わってしまいそうなほど小さなケーキは、一切れ六百円の値段がついていた。

高いでしょう？　と阿佐子は言った。「こんなに高くしたくはないんだけど、オーナーにこの値段で売るように言われてるの。半額でもいいくらいですよね」

その時藤夫は初めて、阿佐子が事実上の店のオーナーなのではなく、別にオーナーがいて、彼女と弟は雇われているにすぎないことを知った。

また、或る日、藤夫は阿佐子の弟が木暮正実という名前であることを知った。同じ木暮姓を名乗っているところから、阿佐子が現在、独身でいるらしいことがわかった。

だが、いろいろなことがわかってきた後でも、藤夫は何ひとつ、阿佐子に個人的な質問はぶつけなかった。日に一度、阿佐子と会い、阿佐子の姿を視界の片隅におさめながらコーヒーを飲む至福のひとときが約束されていればそれでよかった。

藤夫のそれまでにない熱心さは、まもなく「金井商会」の同僚たちの間で噂《うわさ》にのぼるようになった。あの花村がよ、身のほど知らずにも『麻』の美人ママにぞっこんらしいぜ……寄るとさわると男たちは聞こえよがしに騒ぎ出し、子供じみた笑い声をあげた。

『麻』という珈琲店が開店したことすら知らなかった男たちは、こぞって阿佐子の顔を見に『麻』まで出かけて行った。誰もが阿佐子の美貌と色香に圧倒されて帰って来ては、再び藤夫を話題にし、小馬鹿にした。そうすることが、働きづめの毎日を送る彼らの、新しい楽しみにでもなったかのようだった。

だが、『麻』の店の気品が彼らと合わなかったせいか、あるいは、コーヒー代が高すぎたせいか、その後、熱心に通いつめようとする者は一人もいなかった。充分とは言えない給料で妻子を養っている同僚たちが、毎日毎日、コーヒー一杯に千円も払えるはずはない、とわかってはいたが、『麻』のガラス扉を開けるたびに、藤夫は中に同僚の誰かがいないかどうか、確かめる癖がついた。阿佐子と二人きりで話をしている時に、見知っている誰かが彼を指さして、くつくつと鳩《はと》のような声を出しながら笑いをこらえている光景は、想像するだけでおぞましいものだった。

そんな藤夫が妙な噂を耳にしたのは、彼が『麻』に行くようになって三ヵ月ほどたってからのことである。

木暮阿佐子はさる大きな病院長の娘だが、親に勘当されて金持ちの愛人になり、『麻』はその金持ちが彼女のために全額出資して出してやった店らしい……そう教えてくれた同僚の一人は、にやけた薄笑いを浮かべてみせた。

「あそこの店にやたら男前の奴がいるだろ？　あいつは阿佐子さんの親父さんの後妻の連れ子でさ、戸籍の上では姉弟だけど、血はつながってないんだってよ。それでさ、その血のつながらない弟ってのが、今の阿佐子さんの男になってるらしいのさ。なにしろ、阿佐子さんとあの弟は、今、同じマンションに住んでるしな。パトロンのじじいに知られないように、二人でこっそり、夜な夜な乳くりあってる、ってのがもっぱらの噂だぜ」

阿佐子に憧れている藤夫の反応を確かめるためにでっち上げた作り話とも考えられたが、似たような噂話を「金井商会」の女子事務員たちが口にしているのを耳にし、藤夫はいやな気持ちになった。

『麻』に時折、通っているらしい女子事務員たちは、阿佐子と弟の関係を取り沙汰しては、きゃあきゃあと派手な笑い声をあげた。昼休み、弁当を手に騒いでいた彼女たちの間から、近親相姦、という言葉が聞こえてきた時、藤夫はたまたまスパナを手にしていた。このスパナで、円陣を組んで喋《しゃべ》っている馬鹿で不細工な女たちの頭を次から次へと殴っていったら、どれほどすっきりするだろう、と彼は思った。

阿佐子を穢《けが》す発言をする人間はすべて抹殺したかった。生かしてはおけまい、という暴力的な気持ちが彼を襲った。

だが、一方で、そう思う気持ちの奥底に、その噂を否定しきれずにいる自分がいることに彼は気づいていた。

カウンターの中にいる阿佐子が弟の正実と時折交わす微笑みには確かに、異様な親密さ、妖気のようなものが感じられることがあった。親密でありながら、そこには同時に、姉と弟にあるまじき、秘められた距離があった。

阿佐子は弟のようにではなく正実を見つめ、正実は姉のようにではなく阿佐子を見つめた。その一瞬の視線は、永遠に交わることができないほど遠い視線であり、それでいながら、焦がれ死ぬほど交わることを欲してやまない視線でもあった。

それらの感覚は藤夫の中で言葉にならないまま、渦を巻き、次第に漠然とした猜疑心に形を変えていくことになる。だが、まだその段階で藤夫は、どうすれば阿佐子と二人きりで会えるだろう、ということばかり考えていた。阿佐子と二人になれれば、噂の真偽もそれとなく確かめることができるからである。

断られたらそれまでだ、と覚悟を決め、藤夫がおずおずと誘いの言葉をかけたのは、八月に入って間もない、夏の盛りの頃であった。

店に他に客は少なく、カウンター席には彼しかいなかった。弟の正実はテーブルについていた二人連れの女客と、何か芝居のチケットのようなものを手に話しこんでいた。

「四十にもなって、こんなふうに誘うのは照れくさいんだけど」と藤夫は言った。「今度の日曜日にでも、俺とデートしてくれませんか」

ふいに阿佐子の顔に、薔薇《ばら》の蕾《つぼみ》が現れ、そこに光がさし、次第に蕾がふくらんで、花開いていく様子が、藤夫の目に見えたような気がした。

「渋谷のデパートに行きたいわ」阿佐子は目を輝かせながら言った。「日曜日にデパートの屋上に行くのが好きなんです。いい年して、って笑われるかもしれないけど、屋上でソフトクリームを食べて、ペットショップを覗いて、熱帯魚が泳いでるのを見て……花村さんとそんな一日を過ごせたら、どんなに楽しいだろう、って思ってました」

そうまで言われて素直に喜ぶことができなかったのは、藤夫がその時すでに、噂に翻弄《ほんろう》されれ、惑わされていたからかもしれなかった。

皮肉めいた気持ちが彼を襲った。彼は思わず聞き返した。「ほんとに俺でいいんですか」

「どういう意味？」

「俺みたいな男と、日曜日にデパートの屋上なんかに行ってもいいのか、って聞いたんです。俺って、見ての通り、みっともない男だし……」

おかしな人、と阿佐子は言い、くすくす笑った。「あなたが先に誘って、私はそれを喜んでお受けしたのよ」

「じゃあ、信じていいんですね」

愚かなセリフ、一時代も二時代も前の古い悲恋映画の中に出てくるような、洒脱《しゃだつ》さとはかけ離れた質問だった。だが、阿佐子は大まじめな顔をしてうなずくと、「もちろんです」と言った。

阿佐子は、藤夫が住んでいる私鉄沿線の隣の駅からバスで五、六分のマンションに住んでいた。どちらかの最寄り駅で待ち合わせてもよかったのだが、「金井商会」の同僚やその家族に見られて、後でまたからかわれるのはいやだった。

かといって、デートの待ち合わせにふさわしいような喫茶店や公園など知る由もない。渋谷で知っているのは、駅前のハチ公の銅像くらいである。藤夫が正直にそう打ち明けると、阿佐子は嬉しそうに、一度でいいからハチ公の前で待ち合わせをしてみたかった、と言った。

その週の日曜日。約束の時間に十分ほど遅れてやって来た阿佐子は、丈の長い白のチュニックブラウスに、インディゴブルーの柔らかな生地でできたワイドパンツをはき、大きなつばのついた、白い帽子をかぶっていた。とても三十五歳には見えず、かといって二十代の小娘のようにも見えない。由緒正しい家柄に生まれて完璧な教育を受け、恵まれた結婚生活を約束してくれる相手のもとに嫁ぎ、夏の日の午後、子供を実家に預けてから、気のいい男友達に会いに来た美しい女……阿佐子の屈託のない笑顔はそんな印象を藤夫に与えた。

暑い日ざかりの午後、中元セールの時期も過ぎていたせいか、百貨店は思っていたほど混んではおらず、冷房の効き具合もよかった。藤夫は阿佐子を伴ってエレベーターを使い、屋上に上がった。

家族連れで賑《にぎ》わう屋上では、子供向けのアトラクションが行われた後のようだった。中央に設けられたステージの前に、テレビの人気アニメのキャラクターが描かれたチラシが散乱し、そのまわりを立ち去りがたい顔をした親子連れがいつまでもうろうろしていた。

ソフトクリームを二つ買い、藤夫は阿佐子と二人、並んで日陰のベンチに腰をおろした。

楽しいわ、と阿佐子は暑さで溶けるのが早いクリームを子供じみた熱心さで舐《な》めながら、弾んだ声で言った。「昔ね、母が生きていたころ、時々、日曜日になると、父は私と母をデパートの屋上に連れて来てくれたのよ。私も母もこういう所が大好きで、来るといつもソフトクリームを食べて、お金を入れると動く動物の乗物に乗って、熱帯魚や小鳥を見てまわって……ただそれだけのことなんだけど、それがとっても楽しかった」

「お母さんは亡くなったんですか」

阿佐子はうなずき、「私はまだ五つだったの」と言った。

その話をきっかけに、阿佐子は問わず語りに自分の生い立ちを話し始めた。父は医者で、今も二子玉川園《ふたこたまがわえん》にある木暮病院の院長を務めていること、自分は父が再婚した女に育てられたこと、その女が嫌いで、顔も見たくないと思っていたこと、二十九歳の時、父親に無理やり医者と見合いをさせられたが、その際、仲人《なこうど》をしてくれた父親の友人と親しくなり、その後ずっと、生活の面倒をみてもらっていたこと……。

それは、「金井商会」の同僚たちから聞いていた噂話と寸分の違いもない話であった。藤夫は阿佐子の恬淡《てんたん》とした話しぶりと、事実を余すところなく伝えようとする正直さに圧倒され、驚き、わけがわからなくなった。

「珈琲店を任せていただくことになった時にね、その方とは事実上、関係を解消したんです」阿佐子は、食べ終えたソフトクリームのべたつきが残る指先をしきりとすり合わせながら、そう言った。「だから今は、お店のオーナーと雇われ店長の関係にすぎないの。もっと早くそうしていればよかった、って思うわ。生活の面倒をみてもらっていた代わりに、なんにもすることがなかったんですもの。毎日毎日、ぼんやりして暮らしてただけ。今とは大違いね。今は生活に張り合いがあるもの」

「でも、どうして」と藤夫は聞いた。「……病院長のお嬢さんなんだから、誰かに囲われたり、働いたりしなくたってよさそうなもんだけどね。それに阿佐子さんほどの美人なら、結婚してほしいって言ってくる男が山ほどいただろうに」

「いなかったわ」と阿佐子は寂しそうに言った。まんざら嘘ではなさそうだった。「それに父はね、私を溺愛《できあい》していた分だけ、私のことを憎んでもいるんです。だってそうでしょう？　仲人を頼んだ自分の友達が、自分の娘と愛人関係になったのよ。父と最後に会った時、おまえは売女《ばいた》だ、って言われたわ。それこそ顔も見たくないと思ってるんだろうから、仕方ないけど。ともかく私は、これからは一人で生きていこうって思ってます。本当に一人で……」

「弟さんがいるじゃないですか」あのおぞましい噂の真偽を確かめるつもりで正実の話を出したのだが、阿佐子は姉らしい笑みを浮かべながら、通りいっぺんの説明を始めただけだった。

「弟は以前、劇団に入って役者をしていたんです。今はやめてしまったんですけどね。彼はずっと父との関係が悪くって……。何が何でも医者になれ、って言われて反発して、医学部にも行かなかったし……。父にとっては継子《ままこ》ですから、本物の愛情は注げなかったんですね、きっと。いつのまにか、勘当同然になって、今では弟は、実の母親とも会おうとしなくなりました」

「でも、姉弟の仲はよさそうだな」

「ふつうですよ」

「喧嘩《けんか》することなんか、ある？」

「あるわ。たまにだけど」

「なにしろ美男美女の姉弟だもんなあ。うちの会社でも大騒ぎでね。気づいてないと思うけど、あんたたちは町中の評判になってて、そりゃあもう、大変なんだから」

「素人が珈琲専門店なんか出したものだから、もの珍しがられてるだけです」

「今は弟さんと二人で住んでるんだってね」

「ええ」

「だったらやっぱり仲がいいってことだな」

「どういう意味？」

「俺なんか、初めて見た時、夫婦かな、って思ったんだ。なにしろ、すごくお似合いだったから」

「まさか」

「ほんとだよ。夫婦じゃなかったら恋人同士、ってとこかな」

話題が正実のことになると、阿佐子の口数は次第に少なくなっていった。心なし、表情に翳《かげ》りが落ちて、視線が宙をさまよい出す。

蒸し暑い日で、日陰にいても汗がにじんだ。間の抜けたようなアニメの主題歌が流れてきて、時折、子供たちのかん高い笑い声が響きわたり、風に乗って汚れた空の彼方に流れていった。

阿佐子は膝に載せていた籐《とう》のバッグからハンカチーフを取り出すと、四角く畳んだまま額にあてて、汗を拭った。

「初めて会った時から」と阿佐子は前を向いたまま言った。「花村さんには惹《ひ》かれるものがあったわ」

藤夫が黙っていると、阿佐子はつと彼を振り向き、愛情のこもった優しげな目をして微笑みかけた。「どうしてかしら。花村さんと会っていると、気持ちが安らぐの。不思議ね」

何と返事をすればいいのか、わからない。こんな形で女から愛情を告白されたことなど、一度もなかった。

二十代のころ、藤夫は一度だけ、短い期間、同棲まがいのことをしたことがある。藤夫よりも一回り年上の、酒場勤めをしている女だった。酔うと必ず着ているものを脱ぎ捨てて、あんたのこと愛してる、と言いながら抱きついてきた。

藤夫は長い間、それが女の愛情の表現だろうと思っていた。女は誰しも「抱いて」と言う代わりに、「愛してる」と言うのだろうと信じていた。

「阿佐子さんには俺なんかじゃなく、もっといい男が似合うだろうに」彼は言った。「……俺、あんたに申し訳ないと思ってるんだ」

「どうして？」

「だからさ、俺は見ての通り、牛みたいな男だし、親もないし、学もないから、阿佐子さんにとっては……」

「何を言うかと思ったら」阿佐子は薄く笑った。「花村さんって、人の気持ちがわからないのね。私がこんなに……」

何かが違う、何かが間違っている、自分はあやまった方向に舵《かじ》を取ろうとしている、と思いながら、藤夫は喉もとまでこみあげてくる切ない思いでいっぱいになって、阿佐子を見つめた。

「今日の花村さんは私だけのもの」

ふざけているのか、本気なのか、そう言うなり阿佐子はふいに、藤夫の腕に腕をからませ、かぶっていた帽子を脱いだ。そして、筋肉と贅肉《ぜいにく》とで盛り上がっている彼の肩に静かに頰を寄せると、「いい気持ち」と言って目を細めた。

いけない、いけない、そんなことをしたらいけない、と藤夫は思い、身体をこわばらせるのだが、阿佐子はいっこうに動じた様子を見せない。やわらかな髪の毛が風になびいて藤夫の頰を撫《な》でた。覚えのある阿佐子の香りがした。

眠っていたものが目覚《めざ》めるような予感がした。長い長い間、藤夫は女を抱いていなかった。「あんたのことは、大切にしていきたい」彼は喘《あえ》ぐようにしてつぶやいた。「だから、頼む。お願いだから、そんなふうにしないでくれ。さもないと、俺、あんたに何をしでかすか、わからないよ」

蟬《せみ》が脱皮する時のような静けさで、阿佐子はそっと彼から身体を離した。そして強い視線を彼に絡ませたまま、澄んだ声で言った。

「嬉しい」

意味がわからなかった。彼は頭を混乱させながら阿佐子を見つめた。

その気品のある美しい顔に、正実の長い睫毛《まつげ》が重なった幻を見たような気がした。一番、聞きたかったことを聞くことができなかった、と思うと、彼の混乱は頂点に達し、行き場を失って弱々しく消えていった。

阿佐子とのつきあい方は、その日を境に大きく変わった。日曜ごとに、藤夫はレンタカーを借りて阿佐子とハイキングに行ったり、園芸市を覗いたり、渋谷に出てコーヒーを飲んだり、食事をしたりするようになった。

会っている間、阿佐子は常に藤夫に対して大胆な触れ合いを求めてきた。そのふるまい方は、どこか性的な放埒《ほうらつ》さを感じさせるほどであった。

腕を組み、手をつなぎ、何かというと彼の身体に触れたがる。かといってそれは、彼に対する欲望の表現とも思えなかった。どちらかというと、一日中、気にいったものに触れていたがる、少女のなれなれしさを思わせる。

その証拠に、藤夫が太い腕を彼女の腰に回そうとすると、阿佐子は魚のように優雅に身体を反らせながら、気づかなかったふりをして、さらりと身体を離してしまうのだった。

寄せては返す波のような阿佐子の媚《こ》びの売り方に、藤夫は次第に苛立《いらだ》ちを感じるようになった。苛立ちは次第に欲望に変わっていった。

或る晩のこと、夜遅くなって、まだ帰りたくない、と言った阿佐子を自分のアパートに連れ帰り、玄関の鍵を開けた途端、藤夫は理性を失った。もうどうにでもなれ、と思った彼は、玄関に入るなり、電灯もつけず、暗がりの中で乱暴に彼女を抱き寄せた。

女に対してそんなふるまいをしたのは初めてだった。目の前にいる女は、阿佐子ではない、ただの通りすがりの女なんだ、と彼は考えた。そう考えると、気分が楽になった。

自分の荒い息づかいがあたりに響きわたるのがわかった。醜く性に飢えた猛獣の息づかいのようだった。

平手打ちが飛んでくるだろうと、彼は思った。これで阿佐子にふられる、とも思った。

どういうわけか、その想像は彼をほっとさせた。阿佐子に手ひどくふられ、悲しみのどん底で阿佐子を思い返す時がくるのを、自分が何よりも強く待ち望んでいるような気もした。

だが、興奮と緊張のきわみにあった藤夫の首に、まるでそうされることを待っていたかのように阿佐子は自分から両手をまわした。向き合って立つと、彼女の顔は彼の胸のあたりまでしか届かなかった。阿佐子は爪先立って首を伸ばし、執拗《しつよう》に彼の唇を求めてきた。

「藤夫さん」とその時、阿佐子は吐息の中で彼の名を呼んだ。性的な感じのしない、むしろ情愛のこもった柔らかな、餌《えさ》をついばむ小鳥のような接吻が続いた。そして彼女は言った。

「あなたを愛してる」と。

月の光が室内を満たす中、藤夫の中から急速に、性の飢えが消えていった。彼は立ったまま呆然として、阿佐子のされるままになっていた。

こんな俺に、何故、と思った。この女は本気じゃない、と考えた。酔ってもいない、頭がおかしいわけでもない、誰の目にも正気でまともに見える美しい女が、自分からこの俺に唇を寄せ、愛してる、などと言ってくるはずはない、と。

「私のこと愛してる？」と阿佐子が問うた。両親に見捨てられることを何よりも恐れる、幼児のような聞き方だった。
愛してるさ、死ぬほど、と彼は答えた。答えながら阿佐子を抱きしめ、何がこんなに不満なんだろう、いったい何が不足なのだろう、何故すべてが嘘にしか見えないのだろう、と藤夫は思った。

それほど強く求められながら、何故、阿佐子と肌を触れ合わせることを最後の最後まで避けようとしていたのか、藤夫にもよくわからない。毎晩のように、彼の夢の中には裸の阿佐子が出てきた。阿佐子の乳房、阿佐子の陰部、その何もかもが、あたかも今、自分の指が触れているもののように暖かく息づき、蠢《うごめ》いていた。夢の中で、彼は何度も何度も阿佐子と交わった。

にもかかわらず、彼が現実の阿佐子と交わったのは、交際を始めて半年ほどたった、その年の十二月のことだった。

阿佐子は申し分なく美しく、同時に終始、楚々《そそ》としていた。あれほど大胆に肌を触れ合わせてくる彼女からは想像もつかない、それは慎ましくて不器用な、どこか寂しげな交合であった。

「あなたに聞いてもらいたいことがあるの」
一切が終わり、万年床の中で毛布にくるまっていた阿佐子は、豆電球だけが灯っている電灯を見上げたまま、ぽつりと言った。

木枯らしが吹き荒れる夜だった。雨戸をたてた窓の外で、ひゅうひゅうと電線が気味の悪い唸《うな》り声《ごえ》をあげていた。

「弟のことよ。これまで誰にも言ったことがないの。でもあなたにだけはわかってもらいたくて……」

聞く前から何の話をされるのか、わかってしまったような気がした。藤夫は息をつめて阿佐子の次の言葉を待った。

「正実が父の再婚相手と一緒に私の家にやって来た時、私は九つだったの。正実は五歳。最初から、私は彼が好きだった。阿佐子の弟なんだよ、っていくら父に言われても、ぴんとこなかった。とっても優しい子だったのよ。弟っていうよりも、初めてできた本物の友達、っていう感じがしたわ。あの子も私のことを好いてくれているのがわかった。私たちは誰よりも仲がよかったの」

「今も……だろう？」わけのわからない怒りのようなものにかられ、藤夫は呻《うめ》くように訊いた。「仲がよすぎて困ってる、っていう話なんだろう？」

「誤解しないで。そんな話をしようとしてるんじゃないのよ」阿佐子は身じろぎもせずに、低い声で言った。「私は、ずっとこれまで正実に対する気持ちを抑えて生きてきたの。私だけじゃない。正実のほうも同じだったと思う。私たちは本物の姉と弟であることを信じて、生きようと努力してきたのよ。嘘も信じていればいつかは、本当のことになってくれることがあるでしょう？　それと同じで、時々、自分たちは本当に血がつながっている姉弟だ、って思えてくることもあったわ。でも、辛かった。これまで何が辛かったか、って、いろんないやなことが山のようにあったけど、正実に対する気持ちを抑えつけなくちゃいけないことが、一番辛かった」

「今もか」

阿佐子は布団の中でそっと身体を起こした。「どういう意味？」

「今も同じ気持ちでいるのか、って聞いたんだ」

「本気でそんなことを聞いてるの？」阿佐子は力なく笑った。「冗談でしょう？」

「本気さ。あんたのほうこそ、嘘をつかなくたっていい。ほんとのことを言えばいいんだ。この際、どんなことだって聞いてやるよ」

お願い、と阿佐子は顔を歪めると、くぐもった吐息のような声で言った。「馬鹿なこと言わないで。今の私にはあなたがいるじゃないの。だからこそ、この話を聞いてほしいと思ったのよ。あなたにだけはほんとのことをわかってほしいから、いつかこの話をするつもりでいて……」

藤夫は最後まで聞かずに遮った。「無理するな。ありのままを言えばいいんだ」

「藤夫さんたら、気は確か？」阿佐子はそう言いながら、膝を立て、シーツをよじらせながら藤夫ににじり寄って来た。「私は何も、正実の恋人だったわけじゃないのよ。正実はあの通りだから、女の子たちからの求愛ばかり受けてたわ。いつも恋人がいたし、途切れたことはないし、現に今もいるのよ」

「そんなことは関係ない。あんたは弟に気がある。弟のほうでも、あんたに気がある。最初から俺にはわかってた」

阿佐子は一瞬、黙りこくった。への字に結ばれた口が小刻みに震えた。彼女はゆっくりと首を横に振った。「そんな話をしようとしてるんじゃないわ。全然、違う」

阿佐子の瞳に涙が光ったが、藤夫は見なかったふりをした。嘘の涙はたくさんだ、と思った。

「寝たんだろう？」残酷な気持ちに突き動かされながら、彼は聞いた。

阿佐子は黙って彼を見下ろした。

彼は唇の端に冷笑を浮かべてみせた。「寝たんだろう？　弟と。はっきり言えよ」

阿佐子の顔に靄《もや》が広がった。自意識と現実感を失った人形のようなその表情は、藤夫の中に生まれた残酷さに拍車をかけた。

「言えよ。何度寝た」藤夫は聞いた。

阿佐子は応えない。藤夫はかまわずに、右肘をついたまま上半身を起こし、ふっ、と短く笑った。「あんたから話してくれたから、この際、思いきってはっきり言うけど、俺は似合いの夫婦だと思った。あんたらは夫婦にしか見えない。姉弟なんかには見えなかった」

「あんまりだわ」阿佐子は言った。抑揚のない言い方だった。嗚咽をこらえるようにして、阿佐子は深く息を吸った。「弟とは一度だって、あなたが考えてるようなことはしてない」

そうか、と藤夫は言った。「そいつは初耳だな」

ごくごくと湿った音をたてながら喉を鳴らして嗚咽を飲みこむと、阿佐子はまっすぐ藤夫を見た。「私たちの間にあったものは、最初のうち確かに、男と女の気持ちに近いものだったかもしれない。正直に言って、危ないと思った時もあったわ。私が学生だった頃、一度だけ。でも、その時も何も起こらなかった。私たちは、男と女にならないように努力してきた。たとえ血がつながっていなくても、私たちはそうすべきではない、と思ってきた。それをやってしまったら、おしまいだから。もう、何の希望もなくなってしまって、正実とふたり、地獄の底に落ちていかなくちゃいけなくなるから。そのことがどんなに怖いこと、恐ろしいことか、あなたにはわからないんだと思う」

藤夫が黙っていると、阿佐子は手の甲であふれ出た涙を拭いた。「…… でもそんな苦しみも、やっと終わったみたい」

「どうしてさ」

「わからないの？　私に……生まれて初めて、気持ちを許すことのできる人が見つかったからよ」

薄暗がりの中で、四つの瞳が鋭い光を放った。藤夫は聞いた。「俺のことを言ってるのか」

「決まってるでしょう？」阿佐子はかん高い、今にも泣き出しそうな声で、途切れ途切れに聞き返した。「他に誰がいるの？　私にはあなたしかいないのよ」

藤夫は阿佐子の腕をつかみ、自分のほうに引き寄せた。もういい、と彼は言った。もういいよ、そんな嘘、聞きたくないよ……そう言いながら、乱暴に阿佐子の乳首を口にふくみ、舌先で転がした。

阿佐子は一瞬、呆気に取られたような顔をしたが、抵抗はしなかった。ただ、身体をこわばらせただけだった。

藤夫の手に力がこめられた。彼は阿佐子を万年床の上に押し倒し、全体重をかけて彼女の上に被いかぶさると、その首、胸、腰に暴力的な愛撫を繰り返し、まるで凌辱《りょうじょく》するかのように阿佐子の中に押し入った。阿佐子が小さく悲鳴をあげた。

風が吹き荒れ、雨戸を鳴らした。藤夫は深く阿佐子を突きながら、嘘だ、嘘だ、全部嘘だ、こいつは弟と寝た、今も寝ている、俺をからかってるだけなんだ、と頭の中で繰り返した。

卵色のコートを着て、深夜、突然訪ねて来た阿佐子は、部屋にあがってくるなり、いつもの万年床に藤夫を誘った。部屋の明かりをすべて消し、阿佐子はコートを脱ぎ、セーターとスカートを脱ぎ、いくらかためらいがちに下着を脱いだ。

つけていたガスストーブが、青い炎をあげて燃えている。闇ににじんだ青白い光の中で、阿佐子は立ったまま、さあ、と小さな声で言い、藤夫を見上げた。

藤夫は阿佐子の白い裸身を眺めた。度を超した美しさに憎悪すら感じ、目をそらそうとするのだが、そうすることができない。その美しさを分け合っているのかもしれない正実の顔が脳裏をかすめる。この女を別の男と分け合うのは仕方のないことかもしれない、と彼は思う。あれほど阿佐子を失う不安におののき、あれほど嫉妬と怒りにもみくちゃにされていたというのに、たとえそれが嘘であっても、阿佐子が自分を愛している、と言い続けてくれるのなら、それでもかまわないような気持ちになる。

それは諦めではなかった。それほどまでに彼は阿佐子を求め、阿佐子を失いたくないと思っているのだった。彼はそんな自分を嘲笑《あざわら》い、深く静かに絶望した。

阿佐子の口もとに慎ましい笑みが浮かんだ。寂しげだが、穏やかな笑みだった。彼女はそっと両手を彼に向かって差し出した。安心しきって誰かに身を委ねようとする時の少女のような仕草だった。

藤夫はその手を取り、引き寄せ、阿佐子を胸に抱きとめた。苦しいんだ、と彼は阿佐子の耳元でつぶやいた。「あんたを信じたいのに、どうしても信じられない。そのくせ、あんたが恋しくて恋しくて、気が狂いそうだ」

阿佐子は目を閉じ、唇を求めてきた。藤夫はむさぼるようにして、それに応じた。塩辛い味のするものが口の中に広がった。泣いているのは阿佐子ではない、彼だった。

裸身の阿佐子を抱きすくめているうちに、藤夫の中に欲望の火種が灯された。彼が着ていたものを脱ぎ捨てると、阿佐子は待っていたかのように、藤夫と二人、万年床の上に膝を落とし、くずれ落ちた。

烈しいが、どこか寂しい愛撫を続けているうちに、肉欲だけが切なく膨らんでいくのがわかった。藤夫は泣き声とも喘ぎ声ともつかぬ声をあげながら、自ら仰向けになって阿佐子を迎え入れた。

阿佐子は目尻に涙をためたまま、そっと身体を伸ばし、枕辺に手を伸ばした。今しがた阿佐子が脱ぎ捨てたストッキングが、そこにあった。阿佐子はそれをたぐり寄せると、交合したままの姿勢でより合わせ始めた。

いいのね？　と阿佐子が聞いた。「あなたを殺すわ。そうしなければ信じてもらえないんだったら、喜んでそうするわ」

ついぞ経験したことのない幸福感が彼を充たした。

藤夫はうなずいた。「ひと思いにやってくれ」

阿佐子が藤夫を見おろした。その表情のない、こわばったような美しい顔に目を走らせた途端、何の前ぶれもなく、弱々しくこみあげてきたものがあった。気がつくと、藤夫は阿佐子の中で射精していた。

阿佐子はわずかに身体を倒すようにすると、太い紐《ひも》のようになったストッキングを彼の首に巻きつけた。阿佐子の涙が藤夫の胸のあたりにこぼれ落ちた。ひどく熱い涙だった。

しゅうしゅうというガスの音がする。外は雪である。

「あなただけだったのに」阿佐子は言った。「私が正実よりも誰よりも愛することができたのは、あなただけだったのに」

殺してくれれば信じるよ、と藤夫は言った。「やってくれ。いつでもいい」

目を閉じた。これで楽になる、と彼は思った。

首にかすかな熱さのようなものが感じられた。阿佐子がすすり泣く声が聞こえた。

息がつまり、空気が喉を通らなくなった。一瞬、これまで経験したことのない烈しい肉体上の苦痛が彼を襲ったが、それもまもなく、意識の外に消えていった。耳の奥に静かな無音の世界が現れた。阿佐子のすすり泣きが聞こえなくなった。ガスストーブの音も聞こえない。どくどくと脈打っていたものが次第に滞り、遠くなり、やがてそれすらも沈黙の闇の中に溶けていった。

目を開けてみた。開けたつもりなのに、阿佐子の顔は見えなかった。もう一度見たかった、と思ったが、遅かった。そこに見えたのは、ぼんやりと無意味に広がる、万華鏡の中の色ガラスのような世界だけだった。

阿佐子、と呼びかけようとしたが、できなかった。彼は自分の舌が唇の外に飛び出し、すでに使いものにならなくなっていることを知った。

＊

白壁の、古いがしっかりとしたマンションだった。道路をはさんだ向かい側に、大きく育った見事な桜の木が三本ある。そこから名づけたのか、あるいはもともとそういう名だったのか、マンション名は「チェリーレジデンス」だった。

四月初めの暖かな、花曇りの午後である。満開の花を咲かせた桜の木の下で、数人の小学生の男の子たちが、捨て猫がいる、と言って大騒ぎしている。男の子たちに囲まれて、地面をよたよた歩きまわる痩《や》せた子猫は、舞い落ちる花びらの中、花と見分けがつかなくなりそうなほど白い。

夏目幸男は「チェリーレジデンス」の中に入り、並んだメイルボックスで訪ねる家を確認してからエレベーターに乗った。四階で降り、ひんやりとした仄暗《ほのぐら》い廊下を歩いて、突き当たりの部屋の前に立つ。表札に「木暮」とある。

インタホンを鳴らすと、ほどなく男の声で応答があった。弁護士の夏目です、と彼は言った。

扉が開けられた。ほっそりとして肌のきれいな、長髪の男が出て来た。

夏目を見ても、その表情に変化はなかった。無理もない、と夏目は思った。あの頃、この男はまだ五歳かそこらの幼児だった。覚えているはずもない。

どうぞ、と男は言った。ぶっきらぼうな言い方だった。

中は小ぢんまりとしていた。玄関の壁には絵が掛かっていた。落ち着いた色彩の抽象画だった。

通されたのは、廊下の突き当たりにあるリビングルームだった。部屋はきれいに片づけられており、掃除も行き届いていた。座り心地のよさそうなソファーと、クッション付のアームチェアー、民芸調の背の低い和箪笥《わだんす》。和箪笥の上の大きなガラスの花器には、蕾のままドライフラワーにした薔薇《ばら》の花束が、一抱えほど入っていた。

夏目が名刺を手渡すと、男は「どうも」と素っ気なくつぶやき、夏目の顔から目をそらしたまま、「初めまして」と言った。「木暮正実です」

「あなたに会うのは初めてではないんですよ」夏目は笑みをふくませながら言った。「二十六年前、二子玉川園のお宅で、僕はあなたに会っています。一九七〇年でした。僕は高校三年で、阿佐子さんは九歳、あなたはまだ五つだったと思います」

正実が夏目をまじまじと見つめた。頭の中で慌ただしく記憶の糸をたぐりよせているかのようだった。

不思議です、と夏目は言った。「まさかこんなふうにして再会することになろうとは、夢にも思いませんでした」

「僕が五歳？　というと、母が木暮の家に後妻に入った年ということですか」

「そうだったかもしれません。当時、僕は高校の写真部に入っていましてね。文化祭に出品する写真のモデルを探してました。偶然、お宅の前で阿佐子さんを見かけて、是非、撮影させてもらいたい、と思ったんです。あなたと会ったのはその時でした。あなたはいつも、阿佐子さんと一緒にいらした。阿佐子さんとあなたは、お母さんの雪乃さんよりも、お手伝いのマキさんという女性に懐いていた。そんな印象を受けました」

正実は、しばし黙りこくっていたが、やがてふっと息を吐くと、前髪をかき上げながら「まいったな」と言った。「その通りですよ」

夏目は微笑み、軽く咳払いをして窓の外に視線を走らせると、姿勢を正した。「僕が今日、こうやって伺《うかが》った理由はご存じですね。お父さんの木暮修造さんから聞いてらっしゃるかと思いますが」

正実は曖昧《あいまい》にうなずいた。「父から電話がありました。といっても僕は父と口をきかない主義なので、正確に言うと、父の秘書からの電話でしたが。父が姉のために雇った弁護士と父との間に、トラブルが起こったとか……」

「今回の事件の解釈について、お父さんと意見が烈しく衝突したそうです。実は、その相手の弁護士というのが僕の古くからの友人でしてね。頭もよく、辣腕《らつわん》で評判も高いのですが、いったん感情的になると手がつけられなくなる」

「解釈なんかできっこない」正実は目をそらし、頭を揺すって肩にかかる髪の毛をはね上げながら、冷やかに笑った。「いくら弁護士だからって、この事件を解釈しようとすること自体、おこがましいんですよ」

「この事件は、あなたしか解釈できない、というわけですか」

正実は黙ったまま、ゆっくりと瞬きをして正面から夏目を見据えた。昔、近所に住んでいたなどということはどうでもいいから、早く用件をすませて、帰ってほしい、とでも言いたげな顔つきだった。

夏目はひるまずに穏やかに続けた。「この事件からは手を引きたい、と言い出した友人と会いましてね。僕はバトンタッチを申し出ました。僕は九つの阿佐子さんを知っている人間です。残念ながら彼女は僕のことを覚えていなかったけど、僕のほうはよく覚えている。本当によく覚えている。何か不思議なめぐりあわせを感じます」

正実はテーブルに放り出されてあった煙草のパッケージから一本、抜き取り、夏目にもすすめた。夏目が首を横に振ると、正実はライターで火をつけ、深々と煙を吸い込んだ。

「姉には会ったのですか」

「会いました」

「花村さんから殺してくれ、と頼まれたから殺した……そう自供していることはご存じですね」

「むろんです」

「どう思います」

「どう、って？」

「そんな馬鹿なことがあるわけがない、って思ってるんじゃないですか」

夏目は一呼吸おいてから、ゆっくり首を横に振った。「それはじきに明らかになっていくことですよ」

一条の白い煙を吐き出すと、正実は笑ってみせた。「用心深い言い方ですね」

夏目も笑った。「弁護士の習性でしょう」

正実は煙の中で目を細め、夏目を見た。「誰もそうだとは信じちゃいません。花村さんが姉に向かって、俺を殺してくれればあんたを信じる、と言ったという話を姉が自供した時、笑い出した刑事がいたそうですからね」

夏目はうなずき、目の前にいる美しく成長した一人の青年と阿佐子とが、実の姉弟ではなかったことを今一度、思い返した。二人は二十数年前から仲がよかった。よすぎると言ってもいいほどだった。阿佐子が花村藤夫を絞殺する直前まで、美しい姉弟はこのマンションでひっそりと向き合って暮らしていたのだ。

難儀な事件になりそうな予感がした。少なくともこれは、法で裁ききれない種類の事件かもしれない、と夏目は思った。

正実は灰皿の中で煙草をもみ消すと、静かな澄んだ声で聞いた。「姉を救えますか」

「全力を尽くします」

「姉は花村さんを愛していた」

「そのようですね」

「これまで姉には、無数の男が群がっては消えていきました。姉がごくふつうに友人のようにして関わり、ごくふつうに会話を交わしたいと思っている時でも、男たちはそうさせなかった。姉はいつも彼らの間で、特別な女、特別なメス、特別な人間でしかなかった。それが姉の不幸だった」

「花村さんだけが別だった、というわけですか」

正実はうなずいた。「花村さんもこれまでの男たちと似たような反応をしたかもしれませんがね。でも、姉のほうでは会った時から花村さんに惹かれていたようです。姉は花村さんと結婚し、ありふれた幸福な家庭を作ることを夢見ていました」

「弟さんであるあなたは、それをどう思っていたんでしょうね」

夏目がそう問うと、正実は怪訝《けげん》な顔をして彼を見つめた。「どういうことです」

「あなたはお姉さんの結婚を祝福できましたか。心から、という意味ですが」

正実は、ふっ、と短く笑い、しばし夏目を見るともなく見ていた。「それは弁護士としての質問ですか。それとも……」

「僕は、あなたがた姉弟が辿ってきた人生を知っておかなくちゃいけない。そうでしょう。弟さんであるあなたは被害者でも加害者でもないが、この事件に誰よりも深く関わっている。そんな気がしてならないんですよ。間違っているのかもしれませんが」

「僕は何の関係もない……今、この場で僕がそう言いきったとしたら、どうします」

「多分、信じないでしょうね」夏目はにこりともせずに正実を見つめた。「僕は、昔のあなたがたに感じたもののほうを信じます。あのころ、あなたがたは宵待草の咲いている空き地の前で遊んでいた。雪乃さんがいつも一緒でしたが、阿佐子さんもあなたも、ふたりきりの目に見えない砦を作って、その中でいたわり合って生きていた。そんな印象を受けました」

夏目に正実の鋭い視線が絡まったが、それも束の間のことだった。やがて正実は諦めたように力なく椅子から立ち上がると、「ちょっとこちらに来てくれませんか」と言った。「お見せしたいものがあります」

正実は夏目を廊下に連れ出し、二つ並んでいた扉の右側の扉を開けた。正実の部屋らしかった。セミダブルサイズのベッドとライティングデスク。本が詰まった書棚。何か書き物の途中だったのか、デスクの上にはノートや万年筆、レポート用紙が散乱している。灰皿の中は、煙草《たばこ》の吸殻《すいがら》が山のようになっている。

これといって何の変哲もない、男の書斎だった。ただ一つ、写真展か何かのように、引き伸ばされ、額に収められて、整然と壁に貼られてある五点の写真を除いては。

どの写真にも阿佐子が写っていた。正実と並んでいるものもあれば、大勢の人間と一緒のものもあった。桜の花の下に立っている少女の阿佐子。ネオン輝く雨の街角で、正実と並んで写っている阿佐子。両親と共にホテルの前に佇んでいる冬の日の阿佐子。どこかの和風庭園で池を背景に夏目の見知らぬ人々と並んで写っている阿佐子。そして、珈琲専門店『麻』の開店記念日に、夥《おびただ》しい数の花束に囲まれて笑っている阿佐子……。

年代を追うようにして写真は並べられ、それらはベッドに仰向けになった時に、ひとめで見渡せるようになっていた。

「頭がおかしい奴だ、とお思いでしょう」正実は笑いをにじませながら言った。「美人の姉貴の写真を部屋に飾って、自慰にふけっている近親相姦野郎、とでも思われるかもしれませんね。でも違うんです。姉が自分で持っていたものを姉が逮捕された後、僕がここに飾っただけです」

正実はデスクの上にあったショートピースを口にくわえ、卓上の大型ライターで火をつけた。夏目は彼が煙を吸い込み、吐き出すのを辛抱強く待っていた。

「唐突な話ですが」と正実は言った。「姉とは、男と女の関係になってしまえばよかった、と今では思ってます。それこそ僕が望んでいたことでしたから。ほんとです。馬鹿げて聞こえるかもしれませんが……僕は姉以外、愛した人はいなかった」

少し息苦しさを覚えた。一本いただけますか、と夏目は言った。正実はショートピースの箱とライターを彼に渡した。

「そうなっていれば、こんなことにはならなかったかもしれない」正実は誰に言うともなくつぶやいた。「僕と姉はぐちゃぐちゃになって堕落していったかもしれないが、少なくとも姉は花村さんを殺さずにすんだのかもしれない。そう思うと……辛いですね」

正実の目は壁の写真を見ていた。彼は煙草をまた一口吸い、静かに吐き出した。

夏目はリビングルームに取って返し、ブリーフケースの中から渡そうと思って持って来たものを取り出した。

「九つの時の阿佐子さんです」夏目は言った。「僕が高校の文化祭に出品したものですよ。ちょうどいい。この阿佐子さんの写真コレクションの中に加えてください」

阿佐子のポートレートだった。笑っている阿佐子を下から見上げるようにして撮影したものである。恥じらいを秘めながら、阿佐子がカメラに向かい、笑っている。見る者を誘いこんでしまうような、無垢《むく》で邪気のない笑顔である。

「僕のこの写真は一番人気がありました」夏目は言った。「こんな美少女なら、どんなに子供でも、今すぐ恋人にしたいって言いだすやつもいてね」

正実はそれには応えず、ただ短く礼だけ言って、そのポートレートを受け取った。

正実がいれてくれたコーヒーを飲み、いくつか事務的な質問を済ませてから、夏目は木暮姉弟の部屋を辞した。正実はマンションの外まで夏目を見送りに出て来た。

風が強まって、外は花あらしだった。桜の木の下に子供たちの姿はなく、白い子猫も見あたらず、行き交う人々も誰ひとりいない。雲間から太陽が覗き、覗いてはまた雲に隠れた。舞いあがる花びらの中、二人の男は舗道で向かい合わせに立った。

「裁判では不愉快な質問を受けたり、それに答えたり、馬鹿げた見当はずれな意見を聞かされたりしなければならなくなるかもしれません。覚悟しておいてください」

わかってます、と正実は言った。「姉のためなら、僕は……」

その時、大地を揺るがすような音をたてて春の風が吹いた。雲が切れ、光が弾け、花が舞った。正実のその先の言葉は、夏目には聞き取れなかった。

解説

皆川博子

〝薔薇は、かつては、名もない野薔薇であった〟という言葉で始まる短い英詩を読んだのは、四、五十年も昔だったろうか。詩人の名前も正確な詩句も、記憶から抜け落ちてしまったけれど――D・H・ロレンスだったように思うのだが――大意は心に残っている。

〝いま、華麗に花開いた。壮麗たらんとする、より壮麗たらんとする意志によって〟という意味の詩句がつづく。

To be splendid, more splendid.

私は可憐で素朴な野薔薇のイメージを、壮麗な大輪の薔薇に劣らず好んでいるし、小池真理子さんの初期の作品を野薔薇にたとえ、現在の作品に比して低く見るわけでは、決して、ない。そうして、このsplendidに、俗な意味はいっさい、持たせていない。あくまで、作品の持つ輝きについて言っている。

小池真理子さんの作品の軌跡を眺めたとき、創作者の、まなざし高く、志高く、作品を

〝かくあらしめん〟とする強靭な――いたいたしいまでに強靭な――意志に打たれ、この英詩がおのずと思い出されたのである。

『プワゾンの匂う女』『あなたから逃れられない』など、ジャンルでいえば心理サスペンス、あるいはサイコ・サスペンスと呼べる作品が、小池さんの小説家としての出発点であった。フランスのサスペンス小説の香りをただよわせる、垢抜けた作品たちであった。

まだ、モダンホラーが日本で根づかぬときに、いちはやく、『墓地を見おろす家』のような傑作も発表している。この小説は、モダンホラーを愛する人々のあいだで読みつがれ、ますますファンを増やしている。

最初から華やかなオーラを伴った作品をあらわし、多数の読者に愛されてきた作家という印象を、私はもっていたのだけれど、小池さんご自身は、エッセイや対談などで、道のりが平坦ではなかったことを語っていらっしゃる。

はためには、作家活動はきわめて順調であるようにみえていた時期、〈九三年から九四年にかけて、私は暗闇の中にうずくまっていたとしか言いようのない、精神的どん底状態にあった〉と、『恋』文庫版のあとがきに記されてある。何を書いても納得できず、書いても書いても、何かがこぼれ落ちる。同じ書き手として、この辛さは、我がことのように感じられる。そうして、天啓のように、『恋』の構想が浮かんだという。〈神が降りた〉と、その瞬間のことを表現しておられるが、それまでの長い時をかけての模索がなくては、天啓は与えられない。いや、他から与えられたのではなく、作者自らの意志が、内在するものを熟成させ開花させたのである。

一九九五年の『恋』によって、小池さんは、ご自身の独特な道をつかまれたのだけれど、その五年前に、すでに『無伴奏』という秀作をあらわしていらっしゃる。壮麗な薔薇は、突然変異で出現したのではない。

『恋』につづき、小池さんは、〈美〉と〈官能〉を文章で表現することに、意志をさだめられたと、私は感じる。おそらく鏤骨《るこつ》の末であろうと思うのだが、作品は、鑿《のみ》の苦しさを読者に感じさせない流麗さである。そのひとつの成果として、幽艶な短編集『水無月の墓』がある。

本書『美神』は、短編連作の形をとっている。阿佐子という女性の、九歳の童女の時期から、十七歳の少女期、二十二歳、二十六歳、三十歳、三十五歳と、六つの時期の、それぞれ、他者の視線にうつる姿を、外から描くことによって、内面まで彫りこむ手法で書かれている。

『恋』執筆の直後、一九九五年の、「小説現代」十月号の「妖女たち」に、まず、九歳の阿佐子があらわれる。十七歳の阿佐子があらわれるのは、翌年の八月号。そのあいだに、阿佐子は作者のなかで十分に育ったのではないだろうか。

阿佐子は、完璧なまでに美しく官能的な存在である。書き手にとって、なんと難しいモチーフであることか。

醜は、醜であるということだけで、すでにインパクトを読者に与えうる。美を、言葉で、文章で表現し、しかも書き手の意図を完全に読者に伝えるのは、至難だ。ただ〈美しい〉と書いて、あとは読者の想像にまかせるというわけにはいかない。

「妖女たち」は、冒頭から、九歳の女の子のただならぬ美しい気配を感じさせる。

美しくはあるが、外見の美と等量の繊細な感覚が、阿佐子に生きる辛さを与えている。美は、阿佐子の武器とならず、鎧ともならず、自らの内にむかって向けられる刃のようだ。

阿佐子の周囲の人々は、俗なものは俗に、青くさいものは青くさく、精緻にリアルに描出されている。それらにかこまれた美しい暗渠《あんきょ》のように、阿佐子は存在する。暗渠をみたしているのは、俗な感情しかもちあわせない他人にはついに理解できない、哀しみであると感じられる。

小池さんから伺った裏話では、実際に、世にありえないほど美しい女の子の写真を見たことがあるのだそうだ。実在する一葉の写真は、作家に、その少女の生を創出させた。

『恋』の登場人物たちは、小池真理子の創出した虚像でありながら、〈創造主である私の中に、今も、活き活きと、あたかも現実に存在した人間であるかのように生きつづけている〉(文庫版あとがき)。『美神』の阿佐子もまた、作者によって命を吹き込まれている。

作家小池真理子は、いま、小説誌に連載中の作品で、四十代の女の性愛を独特の艶と美しさと高雅さのある表現で描きつつある。その、ときに新鮮な、ときに艶麗な描写の一句ごとに、一行ごとに、作者の鮮烈な意志が感じられる。

To be splendid, more splendid.

齢をかさねるにつれ、いよよ作品を艶やかに深くしてゆく小池真理子の、次の開花が待たれる。

●本書は一九九七年十月、小社より単行本刊行されました。

初出誌
妖女たち　「小説現代」一九九五年十月号
ときめき　「小説現代」一九九六年八月号
タブー　「小説現代」一九九六年十一月号
夢幻　「小説現代」一九九七年一月号
薄荷の香り　「小説現代」一九九七年三月号
春の風　「小説現代」一九九七年五月号

|著者|小池真理子　1952年東京都生まれ。成蹊大学文学部卒。1989年『妻の女友達』(集英社) で第42回日本推理作家協会賞短編部門を受賞。1996年『恋』(早川書房)で第114回直木賞受賞。1998年『欲望』(新潮社)で第5回島清恋愛文学賞受賞。著書『忘我のためいき』(講談社)、『薔薇いろのメランコリヤ』(角川書店)、『肉体のファンタジア』(集英社)、『午後のロマネスク』(祥伝社)、『天の刻』(文藝春秋)、『月狂ひ』(新潮社) ほか。

美神《ミューズ》

小池真理子《こいけまりこ》

講談社文庫
定価はカバーに
表示してあります

2000年5月15日第1刷発行
2003年5月28日第6刷発行

発行者——野間佐和子
発行所——株式会社 講談社
東京都文京区音羽2-12-21　〒112-8001
電話 出版部 (03) 5395-3510
販売部 (03) 5395-5817
業務部 (03) 5395-3615

デザイン—菊地信義
製版——大日本印刷株式会社
印刷——豊国印刷株式会社
製本——株式会社大進堂

Printed in Japan

落丁本・乱丁本は購入書店名を明記のうえ、小社書籍業務部あてにお送りください。送料は小社負担にてお取替えします。なお、この本の内容についてのお問い合わせは文庫出版部あてにお願いいたします。

ISBN4-06-264915-2

講談社文庫刊行の辞

二十一世紀の到来を目睫に望みながら、われわれはいま、人類史上かつて例を見ない巨大な転換期をむかえようとしている。

世界も、日本も、激動の予兆に対する期待とおののきを内に蔵して、未知の時代に歩み入ろうとしている。このときにあたり、創業の人野間清治の「ナショナル・エデュケイター」への志を現代に甦らせようと意図して、われわれはここに古今の文芸作品はいうまでもなく、ひろく人文・社会・自然の諸科学から東西の名著を網羅する、新しい綜合文庫の発刊を決意した。

激動の転換期はまた断絶の時代である。われわれは戦後二十五年間の出版文化のありかたへの深い反省をこめて、この断絶の時代にあえて人間的な持続を求めようとする。いたずらに浮薄な商業主義のあだ花を追い求めることなく、長期にわたって良書に生命をあたえようとつとめるところにしか、今後の出版文化の真の繁栄はあり得ないと信じるからである。

同時にわれわれはこの綜合文庫の刊行を通じて、人文・社会・自然の諸科学が、結局人間の学にほかならないことを立証しようと願っている。かつて知識とは、「汝自身を知る」ことにつきていた。現代社会の瑣末な情報の氾濫のなかから、力強い知識の源泉を掘り起し、技術文明のただなかに、生きた人間の姿を復活させること。それこそわれわれの切なる希求である。

われわれは権威に盲従せず、俗流に媚びることなく、渾然一体となって日本の「草の根」をかたちづくる若く新しい世代の人々に、心をこめてこの新しい綜合文庫をおくり届けたい。それは知識の泉であるとともに感受性のふるさとであり、もっとも有機的に組織され、社会に開かれた万人のための大学をめざしている。大方の支援と協力を衷心より切望してやまない。

一九七一年七月

野間省一